Comment ils nous ont eus

Science-Fiction

ANNA COREISAN

Copyright © 2019 Éditions Nègrefont

Tous droits réservés.

ISBN : 9781082831843

Autres ouvrages dans la collection
La faire courte

Comment ils nous ont eus, science-fiction, par Anna Coreisan.

Rien qu'une petite machine, anticipation, par Anna Coreisan.

> *Le capitaine lui expliqua qu'il n'était pas venu pour faire du mal aux Indiens, mais les amener à se reconnaître vassaux de Vos Majestés, qu'ils devaient servir et à qui ils devaient donner une part des produits de leur terre, comme il était coutume de le faire.*[1]

« Haon », fut la seule réponse que la fillette obtint de son père. Réponse générique et uniforme, que l'on pouvait traduire diversement, selon le contexte et l'intonation de la voix, par : « Oui », « Non », « Peut-être », « Ch'ais pas », « Sans doute », « Fiche-moi la paix », « Va voir ailleurs si j'y suis », voire « Me fait pas chier ! ». Les deux autres membres de la famille avaient fini par jeter l'éponge. Qu'il s'agisse de Prya, sa femme, de Pyar son fils, tous deux avaient renoncé depuis longtemps à franchir la muraille invisible de cet « haon » informe, mélange de « han » et de « hon », à la sémiotique fluctuante. L'une et l'autre s'en retournaient donc vaquer à leurs affaires, assumant avec plus ou moins de bonheur la nécessité de remettre à plus tard un quelconque contact communiquant, qui avec son époux, qui avec son père.

Prya s'était fait une raison : son homme avait les qualités de ses défauts, un peu replié sur lui-même, bourru, parfois colérique (surtout si l'on s'avisait de franchir son mur du « haon ») ; mais en retour, il était aussi l'homme stable, tranquille, intelligent et honnête

---

[1] Extrait des lettres qu'Hernán Cortés adressa, durant sa conquête du Mexique (1518-1521), à l'Empereur Charles Quint (Éditions La Découverte, Paris, 1996).

dont elle avait rêvé. C'est pour cela qu'elle s'était résignée à respecter le « haon ». Et puis, elle-même ressentait parfois aussi ce besoin de se mettre à l'écart des autres, mais moins souvent que son mari.

Pour Pyar, les choses étaient différentes. Un petit bonhomme de sept ans a un besoin vital de son père. Aussi, les « haon » paternels étaient-ils généralement vécus comme une frustration, une anomalie, qu'il faudrait bien, un jour ou l'autre corriger. Cependant, s'il insistait, comme le second ou le troisième « haon » pouvait déboucher sur une réaction de colère qui lui faisait encore peur, il avait, lui aussi, appris à renoncer, en devenant l'objet attentionné de sa maman…

Sybil, de son côté, percevait les choses d'une façon sensiblement différente. À dix ans, elle se savait depuis longtemps la préférée de son père (« Pyar pour maman, Sybil pour papa », disait-elle souvent). Une répartition hétérosexuelle compréhensible et relativement classique, « œdipienne » diraient les psys. Mais cela allait plus loin au sens où Sybil avait certains privilèges, notamment celui de pouvoir franchir (en douceur, bien entendu, il fallait, comme elle, savoir s'y prendre), l'écran de verre du « haon » paternel. Elle partageait avec ce père bien-aimé, une sorte d'entente complice, très intellectuelle, dans l'ordre des préoccupations pour le monde, la planète, l'humanité, etc. Bref, les « grandes » questions. Aussi, reconnue par son père pour ses qualités intellectuelles, armée d'une question scientifique ou philosophique (ou du moins rationnelle), la jeune fille pouvait-elle se permettre quelques intrusions. Ce qu'elle fit, encore aujourd'hui, d'une façon magistrale :

– Papa, j'ai une question, répéta-t-elle, tout en s'avançant lentement dans le bureau de son père adoré.

Sybil appréciait au plus haut point ces instants excitants d'approche. Car tout préférée qu'elle fût de son père, elle pouvait fort bien, elle aussi, subir la brutalité de sa mauvaise humeur et se faire envoyer sur les roses par un fulgurant et sans appel « dégage ! ». Pour éviter cela, il fallait être capable de comprendre le « haon » initial, savoir en interpréter les plus fines intonations, mettre en œuvre dans son néocortex un système expert sophistiqué, capable d'accomplir une analyse statistique fine, sur des variables ténues. Ce que Sybil réussissait généralement à merveille.

Cependant, l'excitation était toujours là, pour la simple raison que l'analyse du « haon » n'était pas une science exacte. Certains paramètres pouvaient échapper à l'interlocuteur, ou encore, il existait une dynamique, rapide, dans l'humeur du père, qui pouvait en quelques secondes, à partir d'un « haon » positif, donner finalement une réaction négative, le rejet brutal. Aussi, la règle que Sybil s'était fixée était d'y aller franco : dès qu'un « haon » positif était par elle perçu, il ne fallait surtout pas tarder, car une fois son père « accroché » sur un quelconque échange verbal d'intérêt, la situation était sauvée.

En cet instant, le « haon » avait été relativement positif, avec un indice d'incertitude qu'elle aurait pu estimer à quarante pour cent tout au plus. Suffisamment élevé pour être excitant, mais suffisamment bas pour tenter le coup, un indice parfait. D'autant plus parfait que la situation n'était pas très favorable au départ, son père étant sous le casque, en train de voguer dans le Supranet.

Pol était effectivement confortablement assis dans un fauteuil de cuir noir, rembourré à souhait, incliné en position semi-allongée, pourvu d'un système de massage du dos (présentement inactif). Ses mains étaient posées sur les accoudoirs, dont les extrémités étaient munies d'une boule noire brillante à demi encastrée, de huit centimètres de diamètre environ, roulante et sensible au simple choc de l'extrémité de ses doigts et dont la rotation et les diverses signatures sonores commandaient un système équivalent à l'association d'un clavier, d'une souris et d'un joystick. Pol, lui-même, portait un casque de visualisation 3D, avec écouteurs spatialisés intégrés, lui permettant d'accéder au Supranet sur la base de deux des trois principaux sens distaux que la nature ait donnés à l'homme, la vision et l'ouïe. À la façon du vieux héros de cinéma, le Robocop, le casque recouvrait toute la partie supérieure de sa tête, ne laissant émerger que la bouche et le menton. Des casques intégraux, à la mode cyberine, existaient depuis peu. Mais Pol ne voyait guère d'intérêt à enfermer sa tête dans un casque intégral, les systèmes de purification et d'ionisation d'air incorporés lui paraissant des gadgets à pure visée commerciale. Il tenait à son bon vieux Sony® DB-757, avec lequel il avait passé tant d'heures à fureter dans tous les coins et recoins du réseau. L'homme était parfaitement détendu, seuls ses doigts, par à-coup, se mettaient à vibrer sur les boules échotroniques.

– Papa… une question ?

Sybil était maintenant tout près de son père et elle vit un sourire épanoui émerger de sous le casque, ce qui la rassura.

– Prend l'autre casque ma chérie, y'a du nouveau !

La jeune fille s'assit sur un fauteuil pivotant classique, bien droit, prit l'autre casque posé sur la table du bureau et y enfouit sa tête. Elle fut aussitôt envahie par une douce ambiance musicale et regarda, d'abord sans rien voir de précis, des fenêtres système flotter ici et là devant ses yeux, chacune d'entre-elles occupée par diverses images fixes ou vidéo et du texte. Soudain, son père mit au premier plan et en surbrillance l'une des fenêtres dans laquelle Sybil put lire : « Next week French upacs are open to the public ».

– Tu sais ce que ça veut dire Sybil ?

– Oui… non (elle avait compris l'anglais, mais voulait surtout connaître les conséquences de l'événement envisagées par son père).

– Les youpacs sont (enfin !) ouverts au public dès la semaine prochaine ! On va pouvoir faire notre initiation très bientôt. J'attends un email dans la journée ou demain pour confirmation de Pessac ou Mérignac. Tu te rends compte ?! On va enfin aller dans un youpac !

– Ouais, super, fit la jeune fille, ironiquement et sans aucun enthousiasme.

Elle resta toutefois quelques instants passive, à regarder les fenêtres clignoter et virevolter devant ses yeux. Soudain, tout disparut, son père, pour une fois souriant, rayonnant même, venait de lui retirer doucement son casque.

— Alors ? T'as pas l'air emballée, constata son père, sans plus de préoccupation.

— Papa, qu'est-ce que je vais devenir, et Pyar, sans toi, sans maman ? Tu y as pensé ?

— Qu'est-ce que tu veux dire « devenir » ? On ne va pas vous abandonner tout de même !

— Ha bon ? Une fois tous dans un youpac, comment on fait pour se voir ?

— Mais on pourra se voir, pas de problème. D'abord on ne passera que peu de temps dans le System…

— « Peu de temps » ! J'ai entendu dire que quand on y entre c'est fichu ! Et le ton de la voix de Sybil fit soudain comprendre à son père son alarme.

— Écoute, c'est ce que les gens disent, les bruits qui courent, mais en réalité nous pourrons ressortir. Nous nous reverrons, ne t'en fais pas. Et puis, n'oublie pas que déjà, dans la virtualité, toi et ton frère vous pourrez nous voir autant que vous le voulez.

— Mais je ne te veux pas en virtuel, mon Papa chéri, comment on va faire des câlins, tu y as pensé à ça ?

— Écoute. Tu connais bien les morpigs,[2] tu y passes bien assez de temps, n'est-ce pas ? Tu sais ce que veut dire U-P-A-C ?

— Explique-moi, fit-elle, tout à la fois défiante et méprisante, car Sybil connaissait bien la définition de

---

[2] « Morpig » est la phonétisation de l'acronyme MMORPG, de l'anglais « Massively Multiplayer Online Role Playing Games », qui signifie en français « jeux de rôle en ligne massivement multijoueurs ».

cet acronyme. Son père ne répondait tout simplement pas à ses inquiétudes, il ne la comprenait pas, ce qui l'attristait et commençait à l'énerver.

– « Unlimited partition access center », « centre d'accès à la partition illimitée », tu sais ce que ça signifie « illimité » ? Sybil souffla d'exaspération. Son père lui prit les bras, se penchant à sa hauteur pour capter son regard.

– Dans un morpig, tu es plongée dans tout un univers virtuel, avec seulement deux sens : tu vois et tu entends. Mais imagine un peu que dans le System cyberin tu es plongée dans la virtualité avec tous tes sens : tu vois, tu entends, tu sens par ton nez des odeurs, tu peux goûter avec ta langue et tu pourras me toucher en virtuel, on pourra toujours faire des câlins ! s'exclama-t-il en lui serrant tendrement les bras.

Belle explication qui ne rassura pas du tout Sybil. La jeune fille ne parvenait pas à imaginer ce que pouvaient être des câlins virtuels. Pour elle, ils n'arriveraient jamais à la cheville des vrais câlins, ceux dont elle avait besoin, de temps en temps, quand elle se sentait inquiète du monde, inquiète pour sa famille, quand elle était triste, de cette tristesse qui cherche en vain ses raisons.

Pol se releva, en lui tapotant les épaules. C'était un grand bonhomme, un peu maigre. À trente-sept ans, il n'accusait pas encore la brioche que nombre d'hommes dans la trentaine (ou avant !) arborent comme étendard de la défaite contre la sédentarité. Embonpoint et obésité étaient pourtant l'apanage de tout chômeur de longue durée, mais Pol avait la chance de ses gènes en la matière et, comme son père, décédé d'un cancer l'an passé, il resterait visiblement mince et athlétique, sans faire d'efforts particuliers. Son visage était fin, presque féminin, hormis les yeux enfoncés qui brillaient de l'éclat que donne l'intelligence mêlée à la colère. Colère contre le monde et l'ordre des choses. Une calvitie plus que naissante virilisait quelque peu ce visage ambigu ; mais elle était largement gommée par la coupe rase de la chevelure brune restante. Pour Pol, la quasi-absence de cheveux était un confort, lorsqu'on porte plusieurs heures par jour un casque Supranet.

– Ne t'en fais pas, fille, on ne t'abandonnera pas. Faut que j'annonce ça à ta mère. Et il se dirigea à grandes enjambées vers la sortie du bureau.

– Pa-pa !

Pol perçut toute la détresse de cet appel et il s'en alarma… enfin. Il se retourna et vit sa fille debout, décomposée. Il y avait toujours chez cette jeune fille de bientôt dix ans, aux longs cheveux bruns, coiffés aujourd'hui en deux nattes épaisses, un brin de tristesse, que l'enfance ne parvenait jamais tout à fait à dissiper. Le teint mat, les yeux sombres, les longs sourcils naturellement froncés devaient sans doute contribuer à cette impression. Et puis, souvent, le regard noir et intense qu'elle jetait sur le monde semblait exprimer une souffrance indicible, une colère aussi, qui pouvaient alarmer l'interlocuteur adulte. Et, en cet instant, c'est l'un de ces regards, qui commençait à poindre, qui toucha enfin son père, qui se décida à lui tendre ses bras ouverts, au sein desquels l'enfant vint s'engouffrer en sanglotant. Pol, serra sa fille contre lui en la soulevant et embrassa ses joues humides.

– Allons, ça va aller. Je suis désolé que tu le prennes comme ça. Tu sais, on va d'abord faire un essai, juste un essai, une « initiation » comme on dit. Après on pourra en parler et voir ce qu'on va faire. D'accord ?

– Ouich, renifla la petite, à peine rassurée.

Au fond, son père ne l'était pas plus. Car il connaissait bien, par ailleurs, la contrainte cyberine. D'une certaine façon Sybil n'aurait pas le choix, personne sur cette planète n'aurait le choix. Il serait temps qu'elle l'apprenne (ou qu'elle en prenne pleinement conscience) un jour.

– Allez, viens, je te porte. On va voir maman ce qu'elle en pense. Et ton frère…

Sybil ferma les yeux pour pouvoir apprécier dans toutes ses dimensions cet instant fugace de bonheur qu'elle n'arrivait jamais à saisir bien longtemps. Elle enfouit son visage dans le creux de l'épaule de son père, humant les odeurs de l'homme qu'elle aimait par-dessus tout et se laissa bercer par le pas décidé. Elle aurait voulu qu'il marche ainsi à jamais…

– Prya ! Pyar ! Aux nouvelles !

– On est là, au salon, répondit sa femme.

– Mes chéris, les youpacs vont ouvrir au public dès la semaine prochaine. Les initiations vont sans doute commencer très bientôt. Qui veut y aller ?!

L'enthousiasme de Pol n'eut guère de succès auprès du reste de sa famille. Sybil se serra encore davantage contre lui, reniflant un « pas moi » dans son épaule. Prya regarda un instant son mari et, d'une certaine façon, lui fit passer un message de désintérêt en interrogeant sa fille :

– Sybil ? Qu'est-ce qu'il se passe ?

– Elle - croit - qu'on - ne - pourra - plus - se - voir, surarticula presque muettement son père, à l'adresse exclusive de sa femme.

Prya se leva du fauteuil dans lequel elle était en train de lire un emagazine, délaissant l'écran souple pour s'approcher de sa fille, toujours agrippée à son père comme un petit singe effrayé par les braconniers. Prya la prit sous les bras :

– Allons, ma chérie, on ne va pas se quitter comme ça. Un youpac c'est comme aller au cinéma ou dans un parc d'attractions. Après on rentre tous ensemble à la maison.

Mais Sybil se cramponna davantage, entourant ses jambes autour de la taille de son père. Ce dernier lui prit les bras pour les détacher de son cou.

– Allez, Sybil, va voir maman, tu es en train de m'étrangler.

La fillette se détacha à contrecœur de son père et se laissa glisser dans les bras de sa mère, atterrissant sur le sol de la triste réalité. Sa mère s'accroupit à sa hauteur pour essuyer ses larmes et la rassurer.

– Allez, il faut être une fille courageuse. Tu es grande maintenant. On va juste faire un essai. On va voir ce que c'est exactement un youpac et après on décidera d'y rester ou pas. Ce n'est pas plus compliqué. D'accord ?

Sybil renifla et se mit à bouder, une façon de refuser cet appel à la raison. Elle s'arracha des bras de sa mère et alla se vautrer sur l'un des fauteuils du salon. « Décidément, les grands ne comprendraient jamais rien », pensait-elle. Elle se mit à sucer son pouce, geste régressif délibéré, destiné à inquiéter et faire rager en même temps ses parents.

Pol fit signe à sa femme de ne pas faire attention. La perspective du youpac, toute stimulante qu'elle soit pour les adultes (ou certains adultes), posait effectivement des problèmes aux enfants. En théorie, les observations réalisées aux États-Unis, où les youpacs étaient ouverts au public depuis plus d'un an, montraient une bonne adaptation des enfants à cette nouvelle vie dans un youpac. Ils y étaient bien pris en charge, recevaient une éducation, une instruction, et pouvaient virtuellement ou réellement y rencontrer leurs parents. Bien entendu, il ne s'agissait plus de la petite vie familiale classique. Cela ressemblait par certains côtés à la vie dans une secte, où la cellule familiale se trouve quelque peu chamboulée. Sinon, que le System et les youpacs ne sont en rien une secte (peut-être finalement une nouvelle religion).

– Tu as reçu notre convocation ? demanda Prya, qui reprit place sur le canapé, dans l'intention de se remettre à sa lecture.

Pol regarda sa femme un instant, avant de lui répondre. C'était bien là l'attitude habituelle de Prya : aborder les questions difficiles dans l'apparence du plus complet détachement. À trente-deux ans, Prya gardait une silhouette très juvénile, qui lui donnait bien dix ans de moins. Le châtain clair de sa chevelure courte, le caractère délicat des traits du visage au teint diaphane, traits qui avaient un quelque chose d'asiatique, comme de la porcelaine, beauté et fragilité tout à la fois, la minceur de ce corps d'adolescente, la petite taille, tout cela lui donnait une apparence de jeunesse, de femme-enfant, une ambiguïté qui avait été l'ingrédient essentiel de séduction pour Pol. Cependant, au-delà de cette apparence, il ne fallait pas s'y tromper. Attitudes, comportements, discours, détonnaient complètement et malheur à qui se serait fourvoyait. De fait, après les accommodements de leur lune de miel, Pol se rendit rapidement compte que Prya était une femme peu facile, bardée de principes et de préjugés (lourd héritage maternel). Elle faisait partie de ces individus qui ne veulent prendre aucun risque, qui détestent la nouveauté et qui refusent toute remise en question de leurs petites et grandes certitudes. Aussi, lorsque le sourire venait à s'éteindre, la bouche se pincer, le regard se durcir, la femme-enfant disparaissait soudain, pour céder la place à cet être hybride, cet étonnant oxymoron de chair et d'os, de belle mégère, de douce emmerdeuse.

Les aspects fantasques de Pol auraient pu facilement entrer en conflit avec le carcan moral de Prya, si sous cette fantaisie ne se cachaient finalement beaucoup d'anxiété et une forme d'inhibition. Car Pol, de son côté, appartenait à l'espèce assez commune, de ces êtres qui possèdent une mentalité d'aventurier, sans pour autant avoir suffisamment de courage pour se lancer dans des affaires trop périlleuses, « téméraire, mais prudent », telle aurait pu être sa devise. Donnant ainsi un personnage plein de contradictions, qui veut toujours plus, qui râle beaucoup, qui cherche l'extraordinaire, mais qui, finalement, ne fait pas grand-chose dans sa vie. Par contre, Pol rêvait beaucoup, c'est là le propre des audacieux passifs. Il voulait réaliser des exploits, découvrir des choses (il était très intelligent, avait beaucoup de connaissances, s'intéressait à énormément de sujets), mais il s'arrangeait toujours pour reculer au dernier moment, prudence… Aussi, Pol était-il un frustré congénital, relativement taciturne, solitaire, à l'exception de ces moments inspirés au cours desquels il se prenait à faire rire son monde par quelques facéties puériles. Prya avait donc trouvé chez Pol, à la fois cette témérité de façade qui la rassurait et cette fragilité de fond qui lui garantissait que les choses n'iraient jamais trop loin.

– Non, pas encore de convocation. Je viens de voir un communiqué sur *HiWorld*, [3] qui annonce l'ouverture des youpacs au public en France, dès la semaine prochaine. Mais je suppose que les convocations ne vont pas tarder, sans doute Pessac ou Mérignac. Il y a de grandes chances pour que ce soit une affaire de jours. J'ai bien fait de nous inscrire assez tôt.

– On va aller avec les méchants bandits ? demanda Pyar, mi-inquiet, mi-amusé.

Le petit garçon qui, assis par terre, devant la table basse sur laquelle il jouait avec ses petites voitures à l'ancienne, n'avait pas perdu une miette des échanges qui venaient de se dérouler entre sa grande sœur et ses parents. Sa question traduisait sa propre inquiétude quant aux youpacs.

Pol alla vers lui, se penchant pour le prendre dans ses bras et le rassurer à son tour.

– Tu veux parler des prisonniers ?

– Oui, les méchants prisonniers. Je veux pas y'aller.

---

[3] La principale chaîne mondiale de télévision cyberine [NDT].

– Mais non, mais non. Allez, viens que je t'explique... Pol alla s'asseoir sur le canapé à côté de sa femme, posant Pyar sur ses cuisses.

– On ne va pas avec les prisonniers ? insista le garçon.

– Je t'explique, reprit son père. Les trois premiers youpacs qui ont été construits en France étaient réservés aux prisonniers et à certains malades mentaux dangereux. Tu sais des fous, des zinzins, précisa le père en faisant un signe tournant du doigt sur sa tempe. Il fallait d'abord vider les prisons de leurs trois cent mille prisonniers. Ensuite, d'autres youpacs ont été construits pour tout le reste de la population, pour nous. Donc, on ne va pas « avec les prisonniers ». D'accord ? De toute façon les prisonniers sont enfermés dans le youpac, il n'y a rien à craindre.

– Oui, mais si on rentre dedans... dedans le youpac... et y'a les prisonniers... bouhhh ! C'est des méchants, y vont nous tuer !

– Non, ce n'est pas tout à fait comme ça. Quand je t'ai dit que les prisonniers sont enfermés, j'ai voulu dire qu'ils sont dans une cellule, une petite pièce, on appelle ça un cube. Ils ne traînent pas dans les couloirs, donc tu ne risques pas de les rencontrer.

Soudain, Sybil sembla s'éveiller.

– Et nous, on sera dans un cube aussi ? Je ne veux pas qu'on m'enferme ! ajouta-t-elle déterminée.

– Nous serons dans un cube, effectivement, mais nous ne serons pas enfermés. On peut en sortir quand on veut, enfin quand tu as fini ton voyage en virtualité. Comme je t'ai dit tout à l'heure, c'est comme un morpig (en mieux) : tu y entres, tu en sors et voilà !

– On va voir des Cyberins dans le youpac ? demanda Pyar.

– Non, je ne pense pas, non. Pol n'était pas très sûr de ses connaissances sur cette question. Je pense qu'ils resteront toujours dans leur vaisseau-météorite et qu'on les verra toujours comme à la télévision ; sous la forme de personnages virtuels. Tu les verras certainement en 3D.

– Ah, c'est bien, j'ai toujours voulu parler à un Cyberin, s'enthousiasma le garçon.

– Qu'est-ce que tu comptes lui dire ? intervint sa mère.

– Je… Je vais lui… Pyar réfléchissait à ce qu'il pourrait bien dire à un Cyberin, s'il en rencontrait un, un jour.

– Tu lui diras qu'il te rende ta mère, persifla Cibyl.

– Cybil ! s'écria Prya, soudain en colère.

Pol, voulant maladroitement rééquilibrer les choses entre ses deux enfants, se moqua maladroitement de sa fille.

– Et toi, Cibyl, tu lui demanderas de te rendre ton pouce !

– Et toc ! exulta Pyar.

– Han ! C'est malin, ronchonna la jeune fille, vexée. Et elle s'enfouit en boule dans le fauteuil, retournant à sa bouderie.

– Désolé Sybil, ça m'a échappé, mais tu l'as bien cherché tout de même, se reprit le père. Je pense que c'est normal que Pyar ait besoin de sa maman à son âge et, même si parfois ça m'énerve un peu de voir une grande fille de dix ans faire ce que tu fais, je dirais que si tu en as besoin… on n'a pas à se moquer de toi. Je regrette ce que j'ai dit. Je comprends aussi que la perspective du youpac ne soit pas facile pour vous deux. En fait, c'est sans doute aussi difficile pour nous vos parents… (En ajoutant cela, Pol pensait évidemment plus à sa femme qu'à lui-même, ce dont Sybil n'était pas du tout dupe).

— Tu parles ! interrompit Cybil avec insolence. Toi tu rêves que d'y aller dans un youpac. T'as qu'à y aller tout seul !

Pol regarda sa femme, cherchant du secours, car il sentait l'échange s'envenimer.

— Je pense qu'il faut arriver à se calmer et se parler correctement, proposa-t-il.

Prya intervint enfin, résumant la situation, comme elle savait si bien le faire.

— Je pense, de mon côté, que c'est un problème qui nous dépasse. Les enfants, il faut bien comprendre que nous n'avons pas tellement le choix. Tôt ou tard, si j'ai bien compris le message des Cyberins — de nos envahisseurs, nous devrons tous aller dans un youpac et y passer la plus grande partie de notre vie. Les choses sont ainsi. Vous devez comprendre, les enfants, que nous, vos parents, nous n'y pouvons rien. Nous sommes soumis, tout comme vous, aux envahisseurs, que cela nous plaise ou non. Et… je dois dire que cela ne me plaît pas.

— Si on n'y va pas, qu'est-ce qu'y vont nous faire ? s'inquiéta Pyar, qui était retourné jouer sur la table basse du salon. C'était un garçonnet qui tenait, à la différence de sa sœur, du clair de la chevelure de sa mère, avec des cheveux raides, mi-longs. Au milieu du visage ovale, ses grands yeux inquiets laissaient transparaître les angoisses qui l'habitaient. Pyar était un garçon plutôt timide et peureux. D'une certaine façon, il était comme son père, mais sans le masque de la témérité que portait ce dernier. Il faut dire qu'il n'était guère aidé en cela par sa mère, qui avait tendance à le surprotéger ; ce que Pol ne cessait de lui reprocher. Sybil, de son côté, alternait entre la moquerie quant aux peurs du garçon et le maternage de grande sœur, seconde attitude qui, finalement, ne déplaisait pas du tout à son frère.

Pol se sentait soulagé et reconnaissant à sa femme que la conversation ait pu glisser d'un conflit à propos du youpac, vers la prise de conscience de l'obligation d'aller dans un youpac.

– Je le rappelais tout à l'heure à ta sœur, commença-t-il, voulant par là impliquer les deux enfants. Les « signaux DP » doivent nous faire comprendre ce qu'il va nous arriver si nous n'obéissons pas aux Cyberins.

– « DP » ça veut dire « Dissuasion-Persuasion », ajouta Prya. La dissuasion c'est nous faire bien comprendre que nous ne devons pas persister à vivre comme nous le faisons sur Terre. On ne peut pas continuer…

– Pourquoi ?! interrompit Pyar. Sybil renifla de mépris.

– N'interromps pas ta mère, laisse-la finir, tu vas comprendre, intervint Pol.

Prya poursuivit, comme si rien ne s'était passé.

— On ne peut pas continuer à vivre dans la réalité ça, c'est la « dissuasion » et nous devons aller vivre dans la virtualité ça, c'est la « persuasion ». Et les signaux DP, vous savez bien ce que c'est. Il y en a combien Pyar ?

— De quoi ?

— Quatre, il y en a quatre, se précipita Sybil, toute excitée. Il y a l'IHS, l'AHD, l'ASN et la MS. J'ai bon, Papa ?

Pol comprit la manœuvre subtile de sa femme pour amener Sybil à sortir de sa bouderie, tout en lui permettant de redorer son blason.

— J'espère que tu vas expliquer tout ça à ton frère. Et pas qu'en anglais !

Sybil se redressa dans le fauteuil, puis s'y mit à genoux, comme un Sphynx prêt à dévoiler ses énigmes. Avec un petit sourire de fierté mal dissimulée, elle commença :

— Alors, IHS… réfléchit-elle un instant. Son frère la regardait avec une admiration non feinte. Ça veut dire en anglais « *Interference for Humanitarian Saving* », prononça-t-elle à la perfection. C'est-à-dire « Ingérence pour Sauvetage Humanitaire ».

— J'ai rien compris, fit Pyar perplexe.

Sa mère intervint.

— « Ingérence », c'est qu'ils nous ont envahis de force. On ne voulait pas d'eux, mais ils sont arrivés et voilà… C'est comme quand tu vas dans la chambre de ta sœur et qu'elle ne veut pas de toi : tu fais une ingérence dans sa chambre. Les Cyberins c'est pareil, sinon que c'est sur Terre.

– Dans le Supranet, rectifia Sybil.

– Ta mère n'a pas tout à fait tort, reprit Pol. On peut dire sur Terre, à cause des autres signaux DP, qui se sont passés sur Terre. N'oublie pas.

Prya reprit la parole.

– Quant au « sauvetage humanitaire », pour les envahisseurs, enfin… Ils pensent que notre planète est en danger et nous aussi, tous les hommes, toute l'humanité, à cause qu'on est trop nombreux, à cause de la pollution, du changement climatique et tout ça. Aussi, ils viennent nous sauver en nous obligeant à vivre dans la virtualité, dans les youpacs.

– En résumé : ils nous ont envahis pour nous sauver, c'est ça le sens de l'IHS. Pol se tourna vers sa fille.

– Mais en dehors de ça, qu'est-ce qui est le plus important concernant l'IHS ?

– Hé bien, les trois lettres « I-H-S », ils les ont écrites sur la Lune en faisant fondre la roche. On les voyait toutes rouges dans le ciel.

Pol compléta.

– La Lune était nouvelle, c'est-à-dire entièrement pleine d'ombre, donc normalement invisible, aussi on voyait particulièrement bien les lettres « IHS », très grosses dans le ciel. Le plus important ce n'était pas simplement ces trois lettres et leur signification, mais le fait qu'ils pouvaient projeter sur la Lune une énergie énorme, au point de faire fondre les roches sur des kilomètres (les lettres faisaient près de mille cinq cent kilomètres de long !). C'est ça qu'on doit aussi bien comprendre : si on ne fait pas ce qu'ils disent… ça va chauffer ! Ils pourraient très bien le faire sur Terre aussi.

– Oui ! reprit Sybil dans un souffle. Et après, justement c'est les autres signaux, sur Terre et ça a bien chauffé ! Alors il y a eu le jour où les Américains se sont fait « éclairer »…

– Excuse-moi Sybil de t'interrompre. Je vais te laisser décrire ce qu'il s'est passé ce jour-là, mais d'abord laisse-moi préciser pourquoi les Américains ont été « éclairés » (c'est important de vous expliquer ça, car je veux que vous compreniez bien comment les Cyberins nous obligent à faire les choses). Au départ, il y a cinq ans environ, lorsque les Cyberins sont arrivés, ont envahi les réseaux de communication, détruit tous nos satellites…

– Le « *Big Cleaning* » ! interrompit sa fille.

– Oui, le *Big Cleaning*, le « Grand Nettoyage », reprit Pol en mimant les guillemets. Donc, après ça et l'IHS lunaire, les Américains étaient tellement en colère qu'ils n'avaient pas encore compris qu'ils n'avaient pas du tout les moyens de résister. Donc, ils ont résisté, ils ont tenté de bloquer les communications avec les Cyberins et ils ont clairement refusé la construction des youpacs. Je laisse ta sœur dire ce qu'il s'est passé alors. À toi Cibyl !

– Alors, d'abord l'AHD, l'*American Hot Day*, le « jour chaud américain ». Les Cyberins ont placé l'ouverture de l'*Invader Ship* au-dessus des États-Unis et ils ont « éclairé » tout le pays, d'un bout à l'autre, et c'est un pays immense ! Il faisait plus de quarante degrés au centre. Les Américains ont eu très chaud ce jour-là. Voilà.

Pol compléta.

– Précisions pour bien comprendre. D'abord c'était quarante-cinq degrés au centre des États-Unis et quarante et un sur les côtes est, ouest et sud, et aux frontières avec le Canada et le Mexique. Cette élévation brutale et persistante de la température tout au long de la journée a entraîné des dizaines de milliers de morts, chez les humains (mais aussi dans le bétail). Des centrales nucléaires en surchauffe ont dû être arrêtées, de nombreuses pannes de réseau se sont produites, des accidents, des incendies et j'en passe, ça leur a coûté des milliards de dollars aux Américains. Mais le soir venu, ce n'était pas fini… Je te laisse continuer Sybil.

– Oui, parce qu'ensuite ça était l'ASN, l'*American Sleepless Night*, la « nuit blanche américaine ». Ils ont continué à « éclairer » les États-Unis pendant la nuit, ce qui fait qu'ils ont eu très chaud pendant la nuit aussi.

– « Chaud », un petit peu moins, mais c'est surtout l'éclairage qui était perturbant. Imaginez qu'à minuit il fasse soleil comme à midi. Les animaux étaient complètement détraqués. Ensuite, ce qui était le plus angoissant est que les Cyberins, à ce moment-là, n'ont donné aucune information sur la durée de l'attaque ni sur son ampleur future. Les Américains avaient la trouille de finir dans un magma de roches fondues. C'est ce qui fait que, dès le lendemain matin, le président américain a annoncé que les États-Unis coopéreraient pleinement avec les envahisseurs. L'« éclairage » a été aussitôt interrompu par les Cyberins. Et depuis, c'est le pays qui a construit le plus de youpacs et qui fait la chasse aux nations rebelles, avec l'ONU, l'ONA et l'UE.[4] De plus, les Américains financent la construction de nombreux youpacs dans les pays les plus pauvres. Je voudrais ajouter que les attaques cyberines sont doublement dangereuses : pour le pays qui est « éclairé » ça, c'est sûr, mais aussi pour toute l'humanité, car chaque attaque renforce le réchauffement planétaire et détraque encore plus le climat. Si vous vous souvenez, après l'AHD-ASN, il a fallu six mois d'ouragans, tempêtes et autres phénomènes catastrophiques, sur tout le globe, pour que l'atmosphère résorbe le surcroît de chaleur. Donc, mes enfants, vous devez comprendre que les pressions pour entrer dans un youpac ne viennent pas que des Cyberins, mais de tous les pays collaborateurs qui ne veulent pas que la planète se réchauffe davantage. Et la France, avec l'Union européenne, fait partie de ces pays, c'est pour cela que notre gouvernement a mis en place une politique de construction de youpacs et d'intégration de tous les Français dans les youpacs, c'est la loi mes chéris.

— Et le quatrième truc ? intervint le petit Pyar, qui avait suivi cette conversation avec attention, comptant sur ses doigts.

— C'est la MS, la « mappemonde saharienne », répondit sa sœur. Ils ont fait une grande carte du monde en sable fondu dans le désert du Sahara. Voilà ch'ai pas pourquoi... et la jeune fille éclata nerveusement de rire.

---

[4] L'Organisation des Nations Unies, l'Organisation des Nations Asiatiques et l'Union européenne [NDT].

– Hé bien c'est simple, répondit son père. La Mappemonde saharienne a été l'ultime attaque et démonstration de force des Cyberins. Au beau milieu du Sahara, sur une surface de près de cent kilomètres carrés, les Cyberins ont fait fondre le sable en magma, suivant la forme d'une mappemonde, une carte de la terre, avec tous les continents. En quelques jours, le magma s'est refroidi, laissant la place à une lave figée, une surface parfaitement lisse, sur laquelle les hommes ont entrepris de tracer les frontières de leur pays à la peinture blanche.

– Hé, pour quoi faire ? Questionna Sybil.

– Oui, pour quoi ? fit son frère en écho.

– Voilà comment ça se passe, reprit leur père. Lorsqu'un pays est récalcitrant ou rebelle (qu'il ne veut pas faire ce que disent les Cyberins), les États-Unis, avec les Nations Unies, l'attaquent. Ensuite, ils mettent tous les grands chefs (le président ou le roi, les ministres, les députés, tous les représentants du peuple) dans des avions et direction le Sahara. Là ils leur font faire une balade à pieds dans le désert, sur le sable transformé en verre, direction la carte de leur état. En général, la vue du sable fondu et les arguments des Nations Unies sont suffisamment convaincants pour que, de retour dans son pays, le gouvernement décide de collaborer avec les Cyberins. Cela a marché, par exemple, pour Israël, la Chine, l'Afghanistan, le Japon. De temps en temps, ils envoient des flashes d'avertissement. Par exemple, pour les Israéliens, il a fallu en plus flasher Tel-Aviv un quart d'heure pour qu'ils se décident enfin à voter les lois de collaboration ; pareil pour les Japonais. Dans ce cas les Cyberins ont flashé les villes d'Hiroshima et Nagasaki, pour leur rappeler de mauvais souvenirs (vous savez, les deux bombes atomiques lancées par les Américains au vingtième siècle, qui ont détruit ces deux villes).

– Mais si nous on n'y va pas dans un youpac, qu'est-ce qu'on va nous faire ? Ils ne vont pas détruire toute la France parce que quatre personnes ne vont pas dans un youpac, quand même ! argumenta Sybil.

Comme Pol restait silencieux, en train de réfléchir. Prya prit la parole pour interpeller à son tour son mari.

– Pol, pourrait-on envisager de partir, de nous planquer quelque part ? Y as-tu pensé ? Ou bien es-tu tellement convaincu de notre défaite et tellement obsédé par la virtualité que tu ne penses même plus à sauver ta famille ?

Pol sentit tout à coup une impression très nette de solitude. Il se retrouvait seul à défendre le System des Cyberins, contre tous les autres membres de sa famille et cette situation commençait à sérieusement l'énerver. Comment leur expliquer l'inéluctable ? Comment pouvait-il leur faire comprendre que c'était fichu, qu'il n'y avait plus rien à faire, sans passer, comme le sous-entendait clairement sa femme, pour un père, un mari, qui abandonne les siens sur l'autel de son goût égoïste pour les mondes virtuels ? Il se reprit finalement et pour éviter la confrontation directe, il décida de répondre à sa femme en passant par sa fille.

– Sybil. Ce que ta mère envisage pour nous, cette sorte de fuite, « on va se planquer », à la campagne, par exemple, ça s'appelle de la « rébellion » et c'est punissable par la loi. Cela veut dire que nous allons nous mettre tous les quatre « hors la loi » et que nous serons poursuivis par les forces de police. C'est sûr les Cyberins ne vont pas « éclairer » toute la France pour nous quatre, à cause de notre petite famille. Mais il faut penser au grand nombre. D'autres essayeront de faire pareil. Nous serons vite des milliers. Et ça, les Cyberins vont s'en apercevoir et c'est là qu'ils vont réagir, par exemple, en flashant Paris ou une autre grande ville. Et, pour répondre à ta mère (et il se tourna vers sa femme), où veux-tu qu'on se planque ? Comment allons-nous survivre ? Tu nous imagines dans un coin perdu du Massif central, un ouragan arrive… Ah on sera bien ! Tu me reproches de n'avoir pas pensé à ça, mais toi, as-tu une idée seulement ? Moi, je n'y ai pas pensé comme… comme je ne penserai jamais à « comment-voler-en-battant-des-bras ». Je veux dire que je n'ai pas pensé à quelque chose qui me paraît d'emblée irréalisable, simplement pour ne pas perdre mon temps. À partir de là, j'ai plutôt songé au bon côté des choses, car il y a toujours un bon côté aux choses.

— Ah, c'est certain, avec une telle mentalité défaitiste tu n'es pas prêt d'imaginer une solution pour nous en sortir, rétorqua Prya avec une certaine hargne. Moi, j'ai pensé à la maison de ton père en Dordogne, on pourrait s'installer là-bas.

— Mais c'est une ruine ! Prya, je ne veux pas que nos enfants vivent dans une ruine. D'abord, existe-t-elle seulement encore cette maison ? N'oublie pas que les campagnes ont été les premières touchées par la politique de naturalisation[5] et que les images des satellites cyberins sont peu fiables de nos jours.

– Si on ne va pas y voir par nous-mêmes, nous ne le saurons jamais, insista Prya. Pol, il ne nous reste peut-être que quelques jours avant d'entrer dans un youpac. Il faut tenter quelque chose ! Et ce fut comme un cri de désespoir.

Pol soupira. Il pouvait bien encore argumenter de la nécessaire déréalisation, à cause des dangers que l'humanité entière faisait courir à sa propre planète. Il était convaincu que les vrais ennemis de la planète et de l'humanité, ce n'était pas les Cyberins, mais l'humanité elle-même. Sa fille, Sybil, en écologiste convaincue, savait bien ça. Mais actuellement, elle était trop envahie par ses angoisses de séparation, la peur de perdre sa famille, son cher papa, au point qu'elle était devenue intellectuellement aveugle à ses propres arguments écologistes. Pyar, de son côté, était encore trop jeune pour pouvoir se faire une opinion par lui-même. Il irait où des adultes pourraient s'occuper de lui, un point c'est tout. Restait Prya qui, en tant qu'adulte, aurait éventuellement pu être séduite par la perspective du youpac, du System et des mondes virtuels. Mais, visiblement, son peu d'enthousiasme pour les morpigs avait déteint sur les locus cyberins. Sa femme faisait partie de ces êtres qui se contentent de naviguer entre le surf « utile », pragmatique, dans le Supranet et les rencontres humaines réelles, ses amies, avec lesquelles elle

---

[5] Le regroupement des habitants des campagnes dans les villes en prévision de l'admission en UPACS et la destruction des habitations villageoises pour faciliter le retour à la vie sauvage de l'environnement [NDT].

partage une forme de complicité féminine atavique, de laquelle les hommes sont exclus. Autant Pol trouvait dans les morpigs une satisfaction à sa soif de nouveauté, autant Prya fuyait les morpigs justement pour éviter cette « nouveauté », ce risque de la rencontre et rester bien au chaud dans les rituels de son groupe de femelles. Sur ce plan, ils n'étaient pas, à l'évidence, sur la même longueur d'onde.

L'avènement des Cyberins venait mettre cruellement en lumière ce désaccord entre eux. Et aujourd'hui, cette divergence trouvait à se concrétiser dans les fantasmes liés à la très probable et très prochaine intégration de toute la famille dans un youpac. Pol se demandait s'il valait la peine d'ouvrir les hostilités dans sa propre famille, au sein de son couple. Après tout, la réalité cyberine, il en était fermement convaincu, était suffisamment incontournable pour, qu'à un moment donné, tous se rendent à l'évidence, et de la nécessité, et de l'obligation, et de l'intérêt, d'entrer dans le System. Pour l'instant, il se dit qu'il lui fallait préserver encore les vains espoirs de sa famille, rassurer ses deux enfants et, en quelque sorte, jouer le jeu, leur jeu, pas le sien. Maintenant, il lui fallait prendre une décision... énergique !

– OK ! On ira tous à la campagne. Les deux enfants poussèrent des cris de joie. On verra ce qui reste de la maison de grand-père. Et puis, on verra bien comment survivre, ajouta-t-il à l'adresse de sa femme. Mais nous ferons ça APRÈS l'initiation au youpac ! On doit d'abord savoir ce que vaut le youpac. Ensuite, on pourra comparer avec la vie à la campagne. Est-ce que tout le monde est d'accord ?!

Ses enfants acquiescèrent avec conviction, sa femme plus mollement. Prya appréhendait avec angoisse l'expérience du youpac, mais les arguments de son mari commençaient à faire leur lit au fond de son esprit.

Pol regardait avec fascination la jeune fille à l'écran mural. Sur *HiWorld*, la télévision cyberine, les personnages virtuels incarnant (vraisemblablement) un Cyberin étaient très souvent des enfants entre dix et douze ans. Aussi, depuis cinq ans, les spéculations allaient bon train quant à ce choix. Car, par ailleurs, connaissant la technologie cyberine en matière d'information, on ne pouvait douter de leur capacité à créer toute sorte de personnages virtuels, de n'importe quel âge. Ce choix de l'enfance, pour le moment exclusif, avait amené à plusieurs hypothèses. Pol se rangeait à celle dite « biblique », basée sur la légende du Christ enseignant, dès l'âge de douze ans, les rabbins dans les synagogues. Cette hypothèse avait tendance à faire l'unanimité, car elle s'accordait bien avec le premier signal DP, l'IHS pyrogravé sur l'astre lunaire. La disproportion des âges donnait au personnage cyberin, face à une assemblée d'adultes, une force toute particulière. Il était toujours fascinant de voir un petit bonhomme de onze ans ou une fillette, tenir tête à un aréopage de savants, de professeurs d'université ou de chefs d'État.

Aujourd'hui, le plateau réunissait un certain nombre de scientifiques de la biologie, des spécialistes du clonage, des philosophes, des juristes de la bioéthique et quelques chefs religieux. Le thème était le clonage humain. En effet, depuis trois ans, les nations humaines étaient divisées sur ce sujet.

Certains pays avaient accepté de pleinement collaborer avec les Cyberins et leur biotechnologie pour entreprendre des clonages, d'autres étaient très réticents, voire dans un refus complet, ceci au risque d'être « éclairés », un jour prochain, afin de ramener au pas le gouvernement et son peuple. Un représentant du Pape venait d'intervenir, soulignant le caractère « sacré » de la personne humaine qui, selon lui, interdisait que l'on touchât au système naturel de reproduction donné par le Créateur. La jeune fille se leva et se mit à arpenter la scène, levant le doigt au ciel pour se lancer dans un discours-fleuve en total décalage avec l'âge du personnage. Discours en total décalage aussi avec les mentalités humaines.

– Et pourquoi refusez-vous le clonage de l'homme ? Parce que l'homme est « sacré » dites-vous, mais ne voyez-vous pas que c'est un résidu de vos croyances folles que vous seriez quelque chose de spécial dans l'univers, des créatures fabriquées par un dieu. Vos croyances sont totalement infantiles. L'homme n'est qu'un programme biologique et le but principal de ce programme c'est de rechercher des états psychologiques particuliers. Vous croyez vous agiter pour faire des choses, construire des maisons ou des ponts, faire des affaires ou la guerre, faire la paix ou l'amour, mais en dernier ressort, tout ce que vous faites ne sert qu'à obtenir des états psychologiques particuliers, attrayants, plaisants, et vos religions ne poursuivent pas d'autres objectifs. Alors, quelle importance y a-t-il à vouloir dupliquer le programme, à cloner et reproduire l'homme selon notre bon vouloir ?

« L'homme n'est rien dans cet univers sans fin, seulement quelques milliards d'atomes organisés en un programme biologique complexe, perdu dans un univers incommensurable, fait d'un nombre infini d'atomes et de particules. Vous pensez qu'il y a quelque chose de sacré en vous, mais regardez-vous donc ! Vous mangez et vous buvez simplement pour survivre, maintenir la machinerie et ensuite vous chiez et vous pissez, c'est cela le sacré ?! Votre intellect, votre âme, votre amour, est-ce cela le sacré en vous ? À quoi donc vous sert votre programme psychologique ? Il ne vous sert, je le redis, qu'à trouver des états. Toutes vos croyances, croyance en l'âme, en l'amour divin, en Dieu, en un Au-delà, et ainsi de suite, tout cela ne sert qu'à vous mettre dans des états psychologiques particuliers, ce ne sont que des images, des mirages que vous fabriquez, seuls, ou tous ensemble pour leur donner plus de force.

« Et pour vous donner la preuve que tout cela ne sert qu'à remplir les buts de votre programme de recherche d'états bienheureux, il suffit de regarder comment vous utilisez vos soi-disant « choses sacrées » pour réaliser tous vos états les plus délirants. Regardez donc comment vous utilisez Dieu, la religion (le « sacré » !), pour justifier vos guerres et vos massacres. La Guerre sainte des islamistes, c'est ça votre sacré ?! Vos massacres entre catholiques et protestants, c'est ça votre sacré ?! Car derrière toutes vos guerres de religion, vos massacres pour la bonne cause se cachent toujours (à ciel ouvert !), vos besoins économiques et de pouvoir et ces besoins ne sont rien d'autre que la recherche d'états psychologiques bienheureux.

« Vous vous battez pour le pétrole, pour les terres cultivables, pour l'eau et surtout pour le pouvoir qui vous permettra d'acquérir tout cela, et que faites-vous pour justifier tout cela ? Vous utilisez vos idéologies (religieuses, politiques, racistes et tant d'autres) pour justifier à vos yeux et à vos âmes sensibles et vertueuses la nécessité de vous entre-tuer, de vous torturer les uns les autres. Vous ne dites pas « je massacre tel peuple parce qu'il a la terre, ou le pétrole, que je convoite », mais vous dites « je massacre tel peuple parce que sa peau est noire, ou parce que ses croyances sont différentes, ou parce que c'est une race inférieure, ou parce que c'est une ethnie différente », en un mot vous faites appel au « sacré » de ce peuple, opposé à votre propre « sacré » et vous utilisez ce « sacré » comme alibi pour massacrer d'autres hommes.

« Alors, dites-moi, que vaut ce « sacré alibi », ce « sacré » qui sert à justifier vos massacres et vos tortures ? Il ne vaut rien, car il fait tout simplement partie du programme de recherche de vos états psychologiques. Aussi, il n'y a vraiment plus rien de sacré en l'homme et la reproduction artificielle, le clonage, la duplication, de ce programme biologique que vous appelez « homme », sont d'une extrême trivialité. »

– Ouch ! Prya qui était entrée entre temps dans le salon venait de s'exclamer ainsi. Ça décoiffe.

– Point de vue cyberin classique, modéra Pol. « Nous ne sommes qu'un programme biologique dont le but est de rechercher des états psychologiques de bien-être et tout le reste n'est qu'alibi, fausses justifications, pour nous cacher à nous-mêmes et aux autres, cette recherche hédonique centrale dans nos vies », récita-t-il.

— Est-ce que cela justifie le clonage ? Même si nos vies se réduisent à la recherche du plaisir, ce n'est pas une raison pour nous cloner ?

— Tu connais le point de vue cyberin à la matière : nous sommes leur troupeau de « vaches à rêves » et il faut bien sélectionner et reproduire les meilleures bêtes, afin que le troupeau soit rentable. Mais là n'est pas la vraie question. Ce matin, le débat sur *HiWorld* portait sur le caractère sacré de l'homme. Moi je dis « pourquoi pas ? » De toute façon, une femme qui enfante de vrais jumeaux ou triplets a fabriqué des clones. Des clones n'ont rien de monstrueux. On peut fort bien les élever séparément et, même élevés ensemble, on sait qu'ils finissent par bien se différencier, à cause des différences de vécu, des diverses situations et expériences que chacun a faites durant son enfance. Ce sont des êtres humains autonomes. Il faut arrêter de voir les clones comme quelque chose de spécial. Si la Nature peut fabriquer des clones, pourquoi ne pourrions-nous pas nous y mettre nous aussi ?

Sybil, vautrée dans un fauteuil, se redressa un instant pour mettre son grain de sel.

— Moi, je ne voudrais pas d'un second moi-même, beurk !

— Ah, mais moi non plus. Je ne voudrais surtout pas d'une seconde Sybil ! plaisanta son père. Une seule râleuse suffit pour gâcher une journée.

La fillette renifla en retenant un sourire. Dans le fond, elle savait bien que son père avait un peu raison.

Les emails qui débarquèrent le lendemain coupèrent court à tous leurs projets de week-end à la campagne. Les Cyberins n'avaient pas le sens de la famille ni de la hiérarchie familiale. La distinction entre les adultes et les enfants n'étaient pas leur fort et ils s'adressaient à des individus et non à des personnes nanties d'un rôle social et familial. C'est ainsi qu'au lieu de s'adresser aux responsables légaux, ou à ce qu'ils auraient pu considérer comme le « chef de famille », les envahisseurs des réseaux s'adressèrent à tous, sans distinction et tous, enfants et parents, reçurent le même message les invitant à participer à une séance d'initiation au UPAC de Pessac. La seule chose qui pouvait faire penser qu'ils s'adressaient à la même famille était que l'invitation portait sur la même journée et la même tranche horaire, de dix heures à douze heures du matin. Les quatre messages étaient identiques sur le fond, mais bien différents sur la forme. Pol et Prya reçurent le message suivant.

Cher ami de la Terre, Pol SALMONT,[6]

Le grand jour est enfin arrivé pour toi, tu vas pouvoir découvrir le System, recevoir ton initiation au monde fabuleux de tous les mondes, de tous tes rêves. Ce message est ta convocation pour ce grand moment, ce grand tournant de ta vie, qui aura lieu :

UPAC de Pessac
455, Avenue John Flanerghy
33600 Pessac – France

---

[6] Pour Prya ce fut évidemment : « *Chère amie de la Terre, Prya SALMONT* » et ainsi de suite.

le 12 Mai 2077 entre 10H00 et 12H00

Cette initiation est pour toi libre et sans engagement. Simplement, tu vas pouvoir découvrir toutes les possibilités fantastiques de la virtualité. Mais ensuite, ce sera à toi de décider si tu veux continuer ou non ta vie dans le Centre d'Accès à la Partition Illimitée. Tu es libre ! Aucune inquiétude. Tu vas être reçu par les sympathiques hôtes et hôtesses de ton youpac. Ils te guideront gentiment dans le processus d'initiation. C'est absolument sans danger, sans souffrance, juste du plaisir, que du plaisir et du bonheur pour toi. Ne crains pas non plus de perdre les membres de ta famille. Tu peux venir avec ta famille ou des amis et vous serez ensemble pour cette initiation. Vous pourrez être ensemble avant, pendant et après l'initiation. Tu ne seras pas seul, tu dois être rassuré sur ce point.

Tu es libre de venir faire ton initiation au UPAC. Mais tu dois savoir que si tu ne viens pas ce jour-là, tu recevras bientôt une autre convocation. N'oublie pas que la vie dans le youpac est pour toi un devoir, pour sauver ta planète et, en même temps, te permettre de vivre une vie riche et bien remplie de toutes tes potentialités. Le UPAC, la vie virtuelle, c'est POUVOIR RÉALISER TOUS TES RÊVES, c'est mener une vie merveilleuse, pleine d'amour, de plaisir, de beauté, dans des paradis à la pelle.

Alors, cher ami terrien, rejoins-nous, rejoins les Cyberins, rejoins ton UPAC, viens vivre ta vraie vie, avec tous les gens que tu aimes.

À très bientôt, avec toute l'amitié des peuples de l'univers.

Les enfants, Sybil et Pyar, reçurent chacun une version différente du message. Sybil reçut une bande dessinée qui véhiculait exactement la même invitation d'accompagner ses parents dans le youpac et le petit Pyar, quant à lui, eut droit une petite vidéo, mettant en scène un couple d'ours et leurs deux oursons, se rendant dans un youpac et encourageant, d'une façon ludique et facétieuse, le bambin à en faire de même.

Dès que les Américains eurent mis un genou à terre, les choses s'accélérèrent. Avec la mentalité écologiste jusqu'au-boutiste qui caractérisait les Cyberins, au fil des années, ils imposèrent à toutes les nations le renoncement à leur industrie de l'automobile individuelle, ne tolérant (provisoirement, à n'en pas douter) que les transports en commun et celui des marchandises. Après tout, il leur fallait bien maintenir une étape de transition, avec une industrie suffisante pour pouvoir bâtir leur monde de UPACS et de systèmes informatiques sophistiqués. C'est ainsi que la voiture individuelle disparut peu à peu du paysage des sociétés les plus avancées. Elle pouvait encore persister d'une façon résiduelle dans les pays les moins développés, marqués par de vastes étendues peu habitées, comme en Afrique, mais tout cela était provisoire et l'espèce « taxi-brousse » elle-même viendrait à s'éteindre, au fur et mesure du développement et de l'attraction des youpacs dans les grandes villes.

La famille Salmont avait inexorablement suivi le mouvement. Pol et Prya avaient cédé leurs véhicules personnels contre la prime gouvernementale et ne se déplaçaient plus qu'avec les divers transports en commun développés par la ville. S'ils se déplaçaient ! Car, de plus en plus, ils pouvaient rester des semaines entières dans leur appartement, se faisant livrer tout ce dont ils avaient besoin et passant leur temps dans les morpigs ou le Supranet. Leur vie sociale était elle-même réduite aux rencontres via les réseaux sociaux et autres vidéoconférences. Seule Prya avait tenu à maintenir quelques rencontres physiques avec ses amies chez lesquelles elle se rendait régulièrement ou qui passaient, plus rarement, à leur appartement.

Pol et Prya ne travaillaient plus depuis trois ans. Ils étaient ce qu'on appelait les « chômeurs de la transition ». En gros, l'État leur versait des subsides de survie pour attendre gentiment leur intégration dans un youpac. L'appartement dans lequel ils vivaient n'était pas à eux, mais ils étaient dispensés d'en payer le loyer. Quant aux enfants, eux-mêmes ne rencontraient que très rarement leurs camarades physiquement. Leur scolarité se faisait par le Supranet et, tout comme leurs parents, ils fréquentaient assidûment les réseaux sociaux.

Comme le cerveau a nécessairement besoin de la biologie pour fonctionner et que les Salmont avaient souvent envie de prendre l'air et de s'activer physiquement, ils pouvaient se rendre en trois endroits : la piscine du quartier, la salle de gymnastique appareillée et le parc municipal. Cela permettait amplement aux corps de bouger, faire des efforts et de se sentir vivants. Certes, l'horizon était borné, mais pour avoir de grands espaces, il suffisait de rentrer chez soi, de coiffer son casque de visualisation et de poser ses mains sur les boules échotroniques pour se plonger dans les immenses paysages informatiques des mondes virtuels et votre cerveau faisait le reste : une illusion presque parfaite.

— Plus de quatre-vingts pour cent des gens y restent ! Et maintenant, en bas, il y a un portique de contrôle avec deux vigiles de *Cyberpass* qui regardent si ça clignote ou pas ! Prya était devenue hystérique, comme cela lui arrivait de plus en plus. Pol essaya de la rassurer.

— Allez Prya chérie, calme-toi, tout se passera bien. Les Salmont feront partie des dix-huit pour cent qu'on n'aura pas aussi facilement. Je te promets que nous irons en Dordogne, que nous irons voir la maison du grand-père. Tu peux me croire, c'est certain, nous irons !

Prya s'était mise à pleurnicher et elle se moucha, peu convaincue par l'assurance de son époux. Les deux enfants, alarmés par la tension palpable chez leurs parents, se pointèrent à l'entrée du salon, visiblement anxieux. Pol leur fit signe d'approcher et de s'asseoir sur le canapé. Il devait les rassurer eux aussi. Mais d'abord, il devait éclaircir cette histoire de *Cyberpass*. Depuis maintenant deux ans, ils avaient, comme tous les terriens, une puce RFID[7] minuscule, d'à peine un millimètre de long, glissée sous la peau de leur bras gauche. Cette puce est réputée être

---

[7] Acronyme de l'anglais « *Radio Frequency IDentification* » ou identification par fréquence radio. Il s'agit d'un système électronique dont la mémoire contient des informations sur l'être humain qui le porte. Ensuite, à distance, un lecteur électronique fournit de l'énergie électromagnétique à la puce RFID et lui envoie un signal pour que la puce transmette en retour les informations qu'elle contient. *Cyberpass* est l'organisme gouvernemental qui a pour mission l'implantation et le contrôle des puces RFID humaines.

simplement une puce d'identification qui remplace facilement la carte d'identité, la carte de sécurité sociale, le passeport, avec d'autres données d'identification biométrique. En outre, cette puce sert aussi de carte bancaire et le commerçant, après vous avoir demandé de regarder un court instant dans un analyseur rétinien, passe un détecteur sur votre bras et le paiement s'effectue aussitôt.

– Tu dis qu'il y a un contrôle *Cyberpass* en bas ? À la sortie de l'immeuble ?

– Ouich, renifla Prya qui alla s'asseoir entre ses deux enfants.

– Tu permets que j'aille jeter un œil sur le Supranet pour voir ce qu'il en retourne ?

Prya ne lui répondit pas, mais elle prit ses deux enfants dans ses bras en leur posant tour à tour une bise sur le front. Les petits trouvèrent aussitôt un soulagement pour eux-mêmes à consoler leur maman. Pol les laissa, il n'en avait pas pour longtemps. Du moins l'espérait-il.

La recherche sur Supranet aboutit immédiatement. L'information était très claire ; comment avait-elle pu lui échapper : partout où les youpacs ouvraient, des contrôles d'identité et de localisation étaient mis en place. Les Cyberins ne voulaient pas que du bétail s'échappe et quitte le troupeau. Ils voulaient toutes les vaches à lait ! Les autorités humaines, gouvernementales, avaient tout intérêt à collaborer avec les envahisseurs, sinon les représailles collectives pouvaient être catastrophiques. De fait, un faible pourcentage de récalcitrants était toléré (ceux qui avaient fui l'implantation de la puce RFID ou ceux qui avaient par la suite grillé ou retiré la puce). Mais attention ! Le pourcentage des transfuges se devait d'être modeste (inférieur à cinq pour cent) au risque d'un « éclairage » ciblé et dévastateur d'une région ou d'une ville.

Pol retourna au salon où trois paires d'yeux, lourds d'anxiété, le fixèrent.

– Rien de plus normal, commença Pol, sur un ton qui se voulait rassurant. C'est la procédure, je viens de le voir sur le Net. Nos amis Cyberins ont besoin de contrôle. Ce n'est rien.

– D'abord, ce ne sont pas nos « amis », rétorqua Prya. Ce sont nos ennemis ! Et ce n'est pas « rien » que d'être contrôlé au bas de son immeuble. Où est la démocratie, la liberté, dans tout ça ?!

Pol se sentait bien embarrassé, car, d'une certaine façon, sa femme avait bien raison. Le problème était que Prya raisonnait toujours selon le point de vue d'avant les Cyberins. Elle ne parvenait pas à se rendre compte que l'humanité entière était passée sous la loi cyberine qui, elle, ne s'embarrassait pas de démocratie et de liberté. La seule liberté que les vaches humaines avaient désormais était celle d'entrer dans un youpac et d'y rester le plus longtemps possible et malheur aux rebelles !

– Mes chéris tenta Pol, se voulant rassurant. Je viens de voir pour *Cyberpass* et c'est vrai, dès qu'un youpac ouvre ses portes, il y a des contrôles renforcés. Mais vous savez bien que c'est la loi, ils veulent simplement s'assurer que tout le monde va bien faire son initiation.

Puis, Pol ajouta à l'adresse de sa femme : « Tu sais, j'ai regardé (ce qui était un mensonge), c'est bien dix-sept pour cent de gens qui ressortent des youpacs, ce n'est pas rien, nous pouvons très bien en faire partie. D'accord ?

Mais Prya ne fut qu'à moitié rassurée. Ce qu'omit de lui préciser son mari est que sur ces dix-sept pour cent d'hésitants, pratiquement tous finiraient par rester dans un youpac au bout de la deuxième ou troisième tentative. Le System faisait son travail de recrutement à la perfection et l'infime pourcentage de récalcitrants définitifs, dont Pol ne parvint pas à trouver le chiffre exact, finissait on ne savait trop comment. Avaient-ils réussi, après avoir grillé leur RFID, à se cacher au cœur d'une forêt profonde ou en montagne, pour survivre comme ils pouvaient, pourchassés par les commandos du *Cyberpass* ? Cela restait un mystère. En tout cas, Pol ne se voyait pas, ni seul et encore moins avec sa femme et ses deux enfants, mener une vie de fugitif, loin du confort d'un appartement bien protégé et d'une nourriture abondante. Pour Pol, le concept de liberté était très relatif. Il représentait davantage un état d'esprit qu'une situation physique particulière. Après tout, même les prisonniers trouvent leur liberté dans leur imagination et « s'évadent » dans leurs rêveries. Ces sentiments de liberté, Pol les puisait déjà dans les morpigs et autres mondes virtuels en trois dimensions et il se disait que dans un youpac, dans la « partition illimitée » qu'offraient les Cyberins, ce serait encore mieux. Du moins l'espérait-il. Mais en attendant, sa femme et ses enfants devaient être rassurés et la tâche n'était pas facile, d'autant que Sybil mit à son tour son grain de sel.

– Papa, maman a peut-être raison, c'est pas beaucoup dix-sept pour cent !

Pyar regarda sa sœur avec perplexité : « Ouais, sept c'est pas beaucoup », il n'avait rien compris au pourcentage. Pol se sentait désemparé. Il devait reprendre les choses en main.

– Écoutez tous. Ce qui compte ce n'est pas dix-sept pour cent ou un autre chiffre. Ce qui compte c'est notre volonté. On va aller, demain, tous ensemble, au youpac, faire notre initiation. Et après, il n'y a aucune raison pour qu'on n'en sorte pas ! On en sort, on en reparle, on voit ce qu'on fait, ce qu'on décide. Et les contrôles, c'est les contrôles. Bon sang ! On est envahi ou on n'est pas envahi ? Ils nous contrôlent, c'est leur droit, ce sont eux les vainqueurs, après tout et nous, nous sommes les vaincus. C'est comme ça. On ne peut pas, les Salmont, la petite famille des Salmont, tous les quatre, lutter et réussir là où une nation puissamment militarisée comme les États-Unis d'Amérique a échoué. Faut quand même être raisonnable ! Non ? Vous ne croyez pas ?

– Ce qui me terrorise, reprit Prya, c'est ce que nous allons devenir. Nous, les petits, que vont-ils faire de nous dans leur… centre de virtualité ? Je veux dire « physiquement », nos corps, comment allons-nous survivre ? J'ai peur de…

Elle ne finit pas sa phrase, à cause des enfants, mais Pol comprit qu'elle avait peur de mourir, évidemment. Il aurait bien aimé que les enfants n'assistent pas à l'étalage de l'angoisse de leur mère. Mais c'était déjà trop tard. Et puis, ils étaient tout autant concernés, finalement. Pol reprit, doucement, pédagogiquement.

— Tu as reçu ta formation théorique ? Tu sais bien, le « Cube », l'Œuf et tout ça. Les enfants, écoutez-moi aussi. Dans l'Œuf notre corps flotte dans une sorte de gelée qui ne mouille pas. C'est comme être dans une baignoire avec des chips d'emballage, sauf que là ce ne sont pas des chips, mais de la gelée, comme une marmelade de groseilles. D'accord ? Dans l'Œuf, qui est bien fermé, on est à l'abri, pendant que notre esprit est déconnecté de notre corps, comme quand on dort. Notre corps est protégé. Il peut encore respirer, de l'air purifié, avec un peu plus d'oxygène d'ailleurs que dans l'air que nous respirons ici. Notre corps peut boire et manger par des sondes qu'on nous met dans les bras. Et faut pas s'inquiéter les enfants, c'est fait sous anesthésie, on ne sent rien du tout, ça ne fait pas du tout mal. Enfin, il y a des petits courants électriques qui passent dans la gelée et qui font bouger nos muscles des bras et des jambes, pour faire faire de l'exercice à nos muscles. Ça c'est pour qu'on reste en forme pour quand on ressort de l'Œuf et du youpac. Voilà, ils ont tout prévu. On n'a pas à s'en faire.

— Et pour le pipi et le caca ?! Pouffa Pyar, se cachant la bouche à deux mains. Ce qui fit sourire les trois autres.

— Bonne question, répondit son père. Le pipi et le caca… Déjà, on est tout nu dans l'Œuf, dans la gelée, donc on ne va pas se salir la culotte. Ensuite, moi ce que j'en ai lu c'est que ça va dans la gelée et que la gelée est nettoyée, renouvelée, je ne sais comment… Mais tu penses bien que les Cyberins ont tout prévu. On ne va pas flotter dans notre caca, tout de même ! T'imagines ça ?!

Cette fois Sybil et Pyar éclatèrent franchement de rire. Prya s'était calmée. Elle avait des doutes concernant toutes les informations si complaisamment données par son mari. Après tout, les Cyberins pouvaient nous mentir, nous faire croire ce qu'ils voulaient. Elle décida de faire bonne figure. Au moins pour les petits. Qu'ils ne soient pas inutilement alarmés.

Le lendemain, peu avant dix heures, ils franchirent un à un le portique de contrôle de la *Cyberpass*. À chaque fois un petit voyant vert s'alluma sous l'œil inquisiteur du vigile. Ce dernier leur demanda de leur présenter la copie des convocations au youpac de Pol et Prya, qu'il regarda négligemment. Dehors, sur le trottoir, un second vigile leur sourit, ce qui encouragea Pol à lui adresser la parole.

– C'est nouveau, le portique, le contrôle ?

– Oh, je ne suis en poste que depuis deux jours ici, fit le vigile, sur un ton affable. Mais ça doit être récent en effet.

– On sait pourquoi, de tels contrôles ?

– Vous avez dû recevoir votre convocation pour l'initiation. Pol inclina la tête. C'est lié, poursuivit le vigile. Ils veulent contrôler un peu.

L'homme avait levé un bref instant les yeux au ciel en disant « ils ».

– Ah bon, fit Pol, sur un ton neutre.

– Ce sont des directives qui viennent « d'en haut », vous savez. Et le vigile lui sourit encore davantage et lui fit un clin d'œil. Nous, on suit les consignes, poursuit-il. Comme Prya et les enfants s'étaient approchés, l'homme demanda si Pol allait à l'initiation en famille.

– Oui, fit Prya. Hier nous en parlions, nous étions un peu inquiets pour les enfants.

– C'est normal, fit le vigile avec habileté. Tous les parents s'inquiètent pour leurs enfants. Vous savez, ils recevront une bonne éducation dans le youpac. Vous aurez de la classe, vous allez apprendre plein de choses, fit l'homme en se penchant vers Sybil et Pyar intimidés. Puis, il poursuivit en regardant tour à tour Prya et Pol : « Vous allez voir. À *Cyberpass* nous faisons tous un stage en youpac, en partition illimitée et c'est vraiment formidable. Les morpigs à côté c'est… des marionnettes, du guignol. Là vous allez vraiment vous retrouver dans de vrais univers, exactement comme la réalité et même MIEUX que la réalité. On ne voit même plus la différence. Moi je dis toujours : la virtualité, c'est comme la réalité, mais en mieux ! »

– Est-il vrai que peu de gens en sortent ? On peut en sortir ou pas ?

Le vigile parut hésiter un imperceptible instant et Pol remarqua que son sourire était devenu soudain plus… mécanique.

– On PEUT, en sortir, finit-il par affirmer avec conviction. Aucun souci de ce côté-là. Vous faites comme vous voulez. Mais je vous assure, quand vous aurez goûté à la partition illimitée vous comprendrez pourquoi tant de gens se laissent prendre au jeu, aussi vite. Vous allez voir…

Ils allaient voir, c'est certain. Pol prit les devants et, profitant de l'arrivée d'un tramway, il coupa court à ce qui lui semblait être un boniment bien rodé. Sans conteste, le bonhomme savait vous vendre la bonne affaire. Invoquant l'heure qui tournait, les Salmont prirent congé du gentil vigile et s'engouffrèrent dans le tramway.

La voiture était bondée et les Salmont se retrouvèrent, debout, confinés dans un coin. Pol songea qu'un départ pour la Dordogne, avec armes et bagages, serait sans doute difficile. Entre les contrôles et les difficultés pour avoir de la place… Il réfléchit de quelle façon ils pourraient, après l'initiation au youpac, s'échapper, fuir la ville. Peut-être choisir une heure beaucoup plus matinale, lorsqu'il y aurait moins de monde dans les transports en commun. Mais alors, ils seraient plus visibles. Les vigiles, les portiques, les contrôles, c'était là une nouvelle donne, qu'il allait falloir prendre en compte. Il imagina aller progressivement cacher des bagages en périphérie de la ville, tantôt lui, tantôt Prya, pour passer inaperçu. Puis, ils iraient en deux sous-groupes, lui et Sybil, Prya et Pyar, par des chemins différents, retrouver leurs bagages et ils prendraient un train ou un bus. En espérant qu'il y aurait moins de contrôles au-delà du centre-ville. Pol se demanda aussi si les contrôles signifiaient vraiment une limitation des déplacements. Sinon, à quoi servaient-ils ? Pourraient-ils encore aller en Dordogne ? La situation prenait une drôle de tournure…

Par la baie du tramway, il vit les grands panneaux publicitaires « Youppie ! Youpac ! », ventant la réalité virtuelle ; puis, au loin, le UPAC s'élevant majestueusement au bout de l'avenue. Il attira aussitôt l'attention de sa femme et de ses enfants, qui regardèrent l'édifice, fascinés. Pol se remémora les informations qu'il avait glanées, ici ou là, sur le Supranet, à propos des youpacs. La tour devait faire plus de cinq cents mètres de haut et comporter en surface plus de deux cents étages. Sous terre, où se trouvaient toute l'informatique du System et l'intendance, encore une vingtaine d'étages. Pour une surface au sol d'environ dix mille mètres carrés, chaque UPAC pouvait accueillir près de deux cent mille êtres humains dans des Cubes de trois mètres par trois contenant l'Œuf, permettant l'accès à la Partition Illimitée. L'architecture était fascinante, avec des lignes qui s'enroulaient jusqu'au sommet de l'édifice. Au bas, une très haute et large porte d'entrée à deux battants, surmontée de la croix (à bras égaux et larges, comme une croix suisse), sur laquelle les lettre « IHS » étaient superposées, écarlates. Pol se sentit partagé entre un sentiment d'admiration pour cette fabuleuse réussite architecturale et, en même temps, un sourd malaise, en songeant que tous les efforts et le travail de l'Humanité, ne faisaient que servir son aliénation et satisfaire l'appétence d'une race étrangère, extraterrestre, pour les rêves des hommes.

À l'entrée du youpac, ils se mirent à l'extrémité d'une courte queue d'une trentaine de personnes. Rapidement, la queue s'allongea derrière eux, mais heureusement, ils constatèrent aussi qu'elle avançait rapidement. Dès le seuil du centre de virtualité franchi, ils passèrent sous un nouveau portique de contrôle où leurs puces RFID furent à nouveau scrutées. Pol remarqua qu'il n'y avait plus de vigiles de *Cyberpass*, mais des membres du personnel du youpac. Tous étaient jeunes, dans la vingtaine-trentaine, habillés d'une combinaison unisexe de couleur bleu azur, portant les symboles cyberins. Sur la tête, tous portaient un casque léger, se terminant par une visière transparente, probablement à réalité augmentée, devant leurs yeux. On les invita à prendre place dans un grand hall qui ressemblait à la salle d'embarquement d'un aéroport, avec des alignements de fauteuils bas, attachés les uns aux autres. Ici ou là, une table basse ou un comptoir, avec des brochures ventant les mérites et avantages de la Partition Illimitée. Comme sur un vol long-courrier, des femmes ou hommes en bleu circulaient avec des chariots de restauration, proposant des boissons fraîches et des biscuits. La famille Salmont fut avertie que l'attente pouvait durer entre quinze et trente minutes.

Ils étaient au milieu d'autres familles, avec des enfants de tous âges qui commencèrent à s'égayer, leurs parents tentant de les retenir et de les calmer. Sybil et Pyar s'étaient levés, mais restaient calmes, « pour le moment », se dit Pol. Ils semblaient impressionnés par l'architecture intérieure, aussi élancée et futuriste que l'extérieur. On avait l'impression d'être dans une cathédrale, un temple, avec des colonnades, des torsades et des volutes, qui grimpaient jusqu'au dôme azur, sur lequel les symboles de la croix et du IHS étaient accrochés. Les Cyberins, en fins stratèges, avaient habilement déguisé leur emprise sur l'Humanité en une apparence de religion, avec ses symboles, ses temples, ses credo et ses dogmes.

Brusquement, il ne sut trop comment, de cette idée de religion Pol passa à celle de la mort. Idée reliée, évidemment, à la discussion sur le devenir des corps dans le youpac, qu'ils avaient eu avant de quitter leur appartement. Et Pol songea avec effroi que sur deux cent mille personnes dans un youpac, il devait bien en mourir… Un certain nombre… Peut-être un par jour ou deux ou trois ou dix ! Que faisaient-ils des corps, alors ? Et puis, dans un youpac, de quoi pouvait-on mourir ? Si les choses tournaient mal était-on hospitalisé ? Ou bien le youpac assurait-il des soins ? « Les rêves continuent durant les travaux », songea Pol, sarcastique. Puis, du sarcasme, Pol passa au froid réalisme : sachant le peu de valeur que les Cyberins accordaient à la personne humaine, il était probable que peu d'effort était entrepris pour la survie des individus malades, en difficulté physiologique, dans un youpac. Il imagina que les envahisseurs pouvaient très bien les laisser crever, suçant leurs rêves jusqu'à la dernière goutte et remplaçant la vache onirique défaillante par une autre. C'est bien ce qu'avaient fait les Espagnols en envoyant les Indiens d'Amérique travailler et crever au fond des mines d'or et d'argent. Pol imagina, avec horreur, une politique de sélection : les meilleurs spécimens, les bons rêveurs, en bonne santé, étaient préservés, à coup d'opérations médicales radicales, d'antibiotiques et d'aliments optimisés. Les autres, les malades, les faibles, tous ceux qui ne tenaient pas le choc de la rencontre avec la Partition Illimitée, tous ceux-là étaient probablement éliminés, sinon activement, au moins par abandon et négligence, jusqu'à ce que mort s'ensuive. Une voix suave le sortit de sa cogitation morbide…

– C'est la petite famille Salmont, je suppose ? Je m'appelle Alyssa.

Une jeune femme aux formes généreuse, moulées dans le bleu de sa combinaison, se pencha vers Pol et Prya avec un large sourire.

– Oui, c'est nous, fit Pol, comme par réflexe.

– Vous avez des enfants, je crois.

– Oui, fit Prya à son tour et elle fit signe à Sybil et Pyar de venir.

– Ah, je vois ! reprit gaiement l'hôtesse. Vous êtes bien là tous les quatre. Permettez-moi que je vous teste avec ceci. Vous devez connaître cet appareil ?

Ils ne connaissaient pas précisément « cet appareil », mais ils en avaient vu d'équivalents par le passé, du temps où les aéroports fonctionnaient et où l'on pouvait faire de beaux voyages, pour de vrai, songea amèrement Pol. Et puis, cela faisait plus d'un quart d'heure qu'ils voyaient des employés du youpac l'utiliser sur les bras des terriens. Ils connaissaient, oui, le lecteur de puce RFID, un petit anneau ovale, muni d'une poignée, qu'il suffisait de passer à quelques centimètres au-dessus d'un bras, pour en stimuler et lire la puce électronique glissée sous la peau. Pol tendit le premier son bras. Il fit exprès de tendre le droit.

– Ah, non, ce n'est pas le bon bras, Monsieur Salmont, fit l'hôtesse, avec amabilité et toujours son grand sourire maternel.

– Oh, pardon, fit Pol avec la plus sincère mauvaise foi. Il lui tendit son bras gauche.

Une fois les quatre membres de la « petite famille » inspectés, la jeune femme les invita à la suivre.

— Tout va bien à ce que je vois. C'est donc à votre tour d'entrer dans le cycle d'initiation à la Partition Illimitée. Veuillez me suivre, je vais vous conduire dans votre salon privé.

Les Salmont suivirent en silence, à la fois curieux et inquiets. Dans l'ascenseur, l'hôtesse donna des explications, qui ne venaient que confirmer ce qu'ils savaient déjà.

— Donc, vous devez le savoir, vous n'allez pas du tout être séparés. Je vous conduis vers un salon privé, juste pour vous quatre. Vous ne serez pas séparés, physiquement, pour cette initiation. Vous restez ensemble et ensuite, après l'initiation, vous vous retrouverez ensemble et vous serez invités à notre restaurant pour un bon repas.

— On pourra ressortir du youpac, après ? s'inquiéta Sybil.

— Oui, oui, tout à fait, répondit l'hôtesse, sans une once d'hésitation. En sortir ou y rester le temps que tu voudras, ce sera à toi de voir.

— Et aux parents de décider, non ? persifla Pol.

Et, à ce moment-là, durant une toute petite fraction de seconde, Pol put lire dans le regard de l'hôtesse, tout comme avec le vigile de *Cyberpass*, une légère… contraction. Mais la jeune femme se reprit aussitôt et expliqua, s'adressant à Pol et Prya tour à tour, avec son sourire engageant : « Vous savez, c'est important pour des enfants de développer leur autonomie, de décider un peu par eux-mêmes. Mais, bien entendu, les parents doivent avoir le dernier mot. En tout cas, vous n'avez rien à craindre de ce côté-là, vous verrez tout cela avec le System, d'accord ? »

L'ascenseur arriva opportunément à destination, juste au moment où Pol commençait à creuser cette question de l'autonomie des enfants (de ses enfants !) dans son for intérieur. En sortant de la cabine, il échangea un regard avec sa femme. Elle n'avait pas l'air rassurée, elle non plus.

Ils suivirent l'hôtesse le long d'un large couloir incurvé. De part et d'autre de nombreuses portes. Sans doute les « salons privés ». Il n'y avait aucun numéro, aucun indice permettant de repérer son salon. Pour alléger un peu l'ambiance, Pol plaisanta : « Les enfants, notre hôtesse a perdu notre salon privé ».

– C'est vrai papa ? s'inquiéta le petit Pyar.

– Mais, non, le bouscula sa sœur. Tu vois pas qu'il plaisante.

L'hôtesse s'arrêta et, se tournant et se penchant vers le petit garçon, elle lui expliqua, lui montrant son casque à lunettes : « Tu vois, c'est comme pour les morpigs ou le Supranet : je vois tout là-dedans. Et qu'est-ce que je vois en ce moment ? » L'hôtesse prit un ton mystérieux : « La porte de ton salon privé est juste derrière toi ». Et la porte s'ouvrit, comme par magie.

Pol nota, à nouveau l'individualisation : « ton salon privé ». Elle n'avait pas dit « votre », mais « ton ». Elle avait interpellé la « petite famille Salmont », en bas, dans le hall d'embarquement, mais depuis, Pol sentait poindre une inquiétante individualisation. Allaient-ils vraiment ne pas être séparés, rester en famille ? En tout cas, la première chose qu'il vit en entrant dans « leur » salon privé, ce sont quatre fauteuils exactement, disposés en un cercle de trois mètres de diamètre environ, chacun surmonté d'une sorte de casque intégral. La pièce était petite, mais confortable, un peu sombre, aveugle, mais un air doux et légèrement parfumé l'emplissait, comme un coin de nature, une clairière au fond d'une forêt fraîche et accueillante. Cela donnait à Pol l'impression d'un nid protecteur. En tout cas, Pyar et Sybil semblèrent ravis et, avec quelques exclamations de joie, ils prirent place chacun sur un fauteuil, face à face.

– Voilà, fit l'hôtesse, vous êtes chez vous.

Le « vous » rassura enfin Pol.

– C'est ici ? demanda Prya. Qu'est-ce qu'on fait à présent ?

– Hé, bien, vous allez faire comme vos enfants. Vous installer confortablement dans un des fauteuils et ensuite vous recevrez toutes les instructions par le casque et le System. Ce n'est pas plus compliqué que cela. Regardez : la porte du salon va se refermer automatiquement, dès que je serai sortie. Vous serez ainsi en parfaite sécurité durant votre expérience, votre initiation à la Partition Illimitée. Mais à tout moment vous pourrez rouvrir la porte pour sortir, il suffit d'appuyer sur le bouton lumineux ici. Pour quitter le youpac, vous suivez le couloir, dans un sens ou dans l'autre, cela importe peu. Vous finirez par tomber sur les ascenseurs. La cabine vous descendra automatiquement au rez-de-chaussée, étage zéro. Voilà, j'espère avoir été claire…

– Madame ! Je suis trop petit, pour le casque !

C'était Pyar qui se contorsionnait sur le siège dont le dossier était visiblement trop haut pour que le casque, en s'abaissant, puisse atteindre son visage.

– Oui ! Moi aussi ! Renchéris aussitôt Sybil.

– Pas d'inquiétude ! Coupa l'hôtesse. Dès que vos parents se seront assis, les fauteuils vont s'ajuster à la taille de chacun de vous. Allez-y ! fit-elle à Prya et Pol qui prirent place à leur tour.

En effet, dès que le couple fut assis, les quatre fauteuils s'ajustèrent aux proportions de leurs occupants respectifs. Les fauteuils des deux enfants (et même celui de Prya, mais dans une moindre mesure) s'élevèrent pour que les têtes dépassent les dossiers, de sorte que les casques pourraient descendre sans problème devant les visages des enfants.

– Voilà, tu vois Pyar, tout est bien réglé pour toi, fit la jeune femme, satisfaite. Et toi aussi, Sybil, ça va ?

– Ça va, merci, répondit-elle poliment.

– Bon ! À présent il est temps que je vous laisse. Pour toutes questions, vous pourrez demander au System qui vous répondra bien mieux que je ne pourrais le faire et…

– Juste une question coupa Pol. Comment sait-on si on est de retour dans la réalité ?

– Hé bien, hésita l'hôtesse. Pol eut la nette impression qu'elle cherchait une réponse tout faîte. « C'est le System, avec l'Operator, qui vous indiquera où vous êtes. Ce n'est pas plus compliqué. Mais rassurez-vous, tout va bien se passer. Vous allez découvrir les merveilleux mondes de la Partition Illimitée. Au revoir ! »

Pol était peu satisfait d'une telle réponse, mais il n'eut pas le temps d'insister qu'Alyssa sortit, se retourna et leur fit un dernier petit geste de la main, souriante. La porte du salon se referma sur cette image lénifiante.

Aussitôt, lentement, les quatre casques se mirent à descendre. Le dernier regard de Pol, sur la réalité, était posé sur sa femme, Prya, face à lui. Elle n'en menait pas large. Il lui sourit pour la rassurer, souhaitant que son sourire ne soit pas trop grimaçant.

– Allez, les enfants, on se dit à tout à l'heure…

Un peu comme lorsque l'anesthésiste vous dit de compter jusqu'à dix et qu'à trois vous sombrez, vous disparaissez, le casque avait englouti le regard de Pol et il fut soudain, ailleurs…

Dans le salon privé des Salmont, quatre corps immobiles, assis sur quatre fauteuils, qui venaient de s'incliner vers l'arrière, à quarante-cinq degrés. Des corps sans tête humaine, comme quatre extraterrestres affublés d'une tête d'insecte intersidéral. Ni yeux à facettes ni antennes, mais une sphère opaque, noire et scintillante, comme ces boules suspendues au plafond des magasins qui cachent une caméra vidéo de surveillance. Quatre sphères en train de regarder à l'intérieur d'elles-mêmes.

Pol se retrouva instantanément, à la fois quelque part et nulle part. Quelque part, car il avait l'impression d'être dans une pièce et nulle part parce qu'il n'avait plus l'impression d'avoir un corps. Il n'existait plus que comme une émanation flottant dans cette pièce. En tout cas, il n'avait plus de corps.

La pièce était ronde, comme un cylindre, toute blanche, nue, vide. Il ne savait pas d'où pouvait provenir l'éclairage, comme si la lumière y était une définition et non un phénomène. La seule chose qui donnait à cet endroit son apparence de « pièce » était une porte en bois brut, quelque part sur la paroi du cylindre, qui indiquait, cette porte, à elle toute seule, le haut et le bas, le plancher (dont elle était proche) et le plafond (dont elle était éloignée). Cela lui rappela la porte d'une grange, en Dordogne, chez ses parents. Et il se souvint qu'après le youpac ils iraient en Dordogne, pour voir s'ils pouvaient s'y réfugier, fuir les mondes de la virtualité. Au fond de lui, il ne croyait pas la chose possible, ni même souhaitable. Il ne se voyait pas vivre en éternel fugitif, qui plus est avec une femme peu en capacité à survivre dans la nature et deux enfants encore bien fragiles. Pourtant, il ressentait aussi de la peur. Peur de ce qu'il allait vivre dans la Partition Illimitée, peur de crever dans une cellule du youpac… C'est à ce moment-là que la porte s'ouvrit et qu'entra une jeune femme : Alyssa !

– Bienvenue, Pol ! fit-elle, en lui souriant.

À la fois, elle était la Alyssa qui les avait guidés dans le youpac jusqu'à leur salon privé et, à la fois, elle était un peu différente. Plus mince, plus jolie, plus rayonnante. Peut-être était-elle sa sœur, une sœur jumelle ? Elle n'était pas habillée avec la combinaison bleue du youpac, mais comme tout le monde : un chemisier blanc et une jupe à fleurs. Elle portait des socquettes roses et des espadrilles assorties à sa jupe. Elle lui donnait l'impression d'une fillette sortie d'un livre pour enfant. Un livre d'autrefois.

– Rien de tout cela, Pol, je suis juste une apparence.

– Mais, vous lisez dans mes pensées ?

– Non, je suis TES pensées ! Ou DANS tes pensées. Comme tu voudras. Je suis ce qu'on appelle l'Operator. Une émanation du System. C'est par moi que tu peux communiquer avec le System. Veux-tu que je change d'apparence ?

– Heu, pour voir, oui.

L'Operator, en un glissement rapide de morphing, se transforma alors en un jeune homme barbu, habillé en jean et tee-shirt blanc. Il portait une casquette américaine.

– Et comme ça ? Cela te plaît ? Ou comme ça !

Le jeune homme barbu fondit soudain en une fillette d'une dizaine d'années. En baskets, short rouge, débardeur rayé blanc et bleu. Une fillette indienne, au teint sombre, au magnifique visage typé des Indiens de l'Inde, avec de grands yeux noirs et brillants, des cheveux bruns, longs et tressés et quelques bijoux discrets en argent et verroteries colorées. Ses bras nus étaient décorés de motifs exquis au henné. Elle lui sourit et ce fut comme une lumière envahissant son âme. Mais, aussitôt après, il eut comme un haut le cœur. Pourtant, il n'avait pas de corps, mais la nausée comme une vague était bel et bien passée.

– Ça va, ça va. Fit Pol.

– Oui, si vous êtes OK on va en rester là pour l'apparence. C'est d'accord ?

– C'est d'accord.

– Le genre de malaise que vous venez de ressentir est normal. Cela arrive parfois, au début, lorsque les phénomènes se précipitent. Il y a eu trop de changements. Mais on va en rester là. Cette petite Indienne semble vous plaire, je vais garder cette apparence pour vous expliquer les choses.

Pol se sentit soudain bien et rassuré, face à cette enfant. Il songea à Sybil…

— Pol ! Concentrez-vous sur ce que je vais vous dire. On peut se tutoyer ?

— Heu, oui, oui, pourquoi pas ?

— Bien. Je dois t'expliquer plein de choses concernant ton initiation à la Partition Illimitée…

— Mais pourquoi une gamine ? interrogea Pol qui avait repris le dessus. Pourquoi le System a-t-il choisi une fillette ?

— Ce n'est pas le System, c'est toi ! C'est toi qui m'as choisie.

— Comment ça ? Je n'ai aucun souvenir…

— Du grand jeune homme barbu, non plus. En fait, le System se base aussi sur des souvenirs plus ou moins inconscients. Et pas seulement sur des souvenirs, mais aussi sur des tendances. En l'occurrence, une tendance chez toi fait que tu sembles en harmonie avec mon apparence de petite fille indienne. Voilà tout ! On passe à autre chose ?

— OK.

— De toute façon, on aura largement le temps d'en reparler plus tard. Cela fera partie de ton quotidien dans la Partition Illimitée. Alors ! Revenons à ton initiation, s'exclama la jeune fille, avec son sourire exquis. Ici, Pol, nous sommes dans le « Home », l'accueil de la Partition Illimitée. Le Home est toujours sous ce format : une pièce avec des portes, des fenêtres, qui ouvrent sur divers univers virtuels. Le décor de la pièce peut changer, l'apparence de l'Operator peut changer, mais la structure de base reste à jamais la même : une pièce et des ouvertures en nombre plus ou moins important. Une question Pol, toi qui t'y connais un peu : sur quel niveau d'expérience es-tu en ce moment ?

– Heu, en outwitness, si je ne m'abuse.

– Bravo ! Tout à fait, en outwitness : une expérience décorporisée, avec juste certaines modalités sensorielles distales.

Pol rit intérieurement (si l'on peut dire) en écoutant la fillette lui parler avec un vocabulaire d'adulte. C'était une incongruité comique, comme la gosse de trois ans qui arrive au salon barbouillée de rouge à lèvres, chaussée avec les talons hauts de sa mère.

– Hé oui, Pol, je ne suis qu'une apparence, un véhicule de communication, rien d'autre. Donc ! Tu n'as pas de corps : pas de Body, pas de Skin. Et tu me vois, tu vois le Home comme si tu étais dans un rêve. Tu vois, tu peux aussi entendre et sentir (Pol sentit aussitôt un parfum champêtre particulièrement grisant), l'odorat ; mais pas de goût ni d'autres sensations corporelles. Tu flottes, nulle part et partout à la fois. Tu es là, sans être là, c'est le mode outwitness, effectivement. Pour cette initiation tu vas être amené à expérimenter les trois niveaux d'expérience : outwitness, inwitness et à la fin, activwitness. Pour rappel : en inwitness tu seras immergé dans un Body-Skin, mais sans autonomie d'action. Et c'est en activwitness seulement que tu auras un corps et que tu pourras t'en servir. Jusque-là ça va ?

– Ça va. Je comprends.

— As-tu des questions ? Mon « papounet chéri » ajouta l'émanation du System, avec une pointe de malice.

— Heu, pas pour le moment. Mais c'est vrai que je pourrais très bien être ton père « ma chère enfant ». Et comment dois-je t'appeler ? Fit Pol, se prenant au jeu.

— Comme tu veux. « Sybil » ? Par exemple. Ou bien je peux décider à ta place. Veux-tu connaître mon prénom indien ?

— Oui, non pas « Sybil ». Ton prénom indien m'ira sûrement.

— C'est « Jeevana ». Je m'appelle Jeevana. Ça te va ?

— OK, *Djivana*, pas de question pour le moment. Mais appelle-moi « Pol », pas « papounet », tant que je ne t'aurai pas adoptée, d'accord ?

— D'accord Pol. Bon ! Les tests vont commencer. Ils ont pour but d'ajuster le System, de créer une harmonie entre le System et ton propre système nerveux, ton cerveau et ta pensée, pour faire simple. Pour le moment, tu es en outwitness et dans un mode d'expérience simple, mais relativement bien structuré. Dès que les tests vont commencer, tu passeras en premier par un trou noir, un Black Hole. Tu vas voir, ce n'est pas une expérience très agréable, mais tu vas t'y faire, cela ne dure pas très longtemps. On ne peut pas faire autrement. Les tests démarrent par le Black Hole, c'est comme ça. C'est une sorte de remise à zéro, qui est nécessaire.

« Ensuite, tu vas faire diverses expériences sensorielles, émotionnelles et de mondes plus ou moins élaborés. C'est le System qui te teste, qui ajuste ses paramètres. Il faut en passer par là. Parfois c'est agréable, parfois ça l'est moins, mais le System a besoin de faire comme ça pour pouvoir s'accorder avec toi. Ces tests, en principe, ne sont réalisés qu'une seule fois. Une fois le System en harmonie avec ton cerveau tu pourras être en activwitness et commencer à vivre les merveilleux univers virtuels de la Partition Illimitée. Es-tu prêt ?! »

Pol se sentait comme le parachutiste novice, comme l'Homme de Vitruve, bras et jambes écartelés dans l'encadrement de la porte de sortie de l'avion, regardant deux mille mètres plus bas, le monde lilliputien, la mosaïque des champs, la toile d'araignée des routes et son ventre noué par l'angoisse. Avant de seulement pouvoir dire que « oui », qu'il était prêt, la petite indienne cria « go ! » et il plongea…

Si le passage dans le Home, en outwitness, ressemblait à être quelque part et nulle part à la fois, le Black Hole c'était plutôt être et ne pas être en même temps. Une conscience minimale, une sensation de durée, mais rien d'autre. C'était pratiquement vivre l'impossible métaphysique : la conscience du rien. Cela durait, mais rien ne durait. Il était rien dans rien, mais cela durait tout de même. Peu de temps, puis, les tests commencèrent.

Il se sentit alors comme la fille blonde dans la main de King Kong, sauf que le gorille semblait être devenu fou et s'était mis à lui triturer l'esprit dans tous les sens. Tous ses canaux sensitifs et perceptifs furent testés un à un. D'abord le visuel. Il commença à percevoir des flashes lumineux de diverses couleurs, explosant en feux d'artifice. Puis, des lignes ondulantes envahirent l'espace psychique de Pol, puis des formes psychédéliques de plus en plus complexes. Et, peu à peu, comme si un peintre impressionniste s'était amusé à prendre sa pensée même pour une toile, un paysage s'élabora progressivement autour de lui. D'abord d'une façon sommaire, comme une esquisse pixellisante, se développant par couches successives de plus en plus détaillées, comme ces vieilles images JPEG progressif. Le paysage en lui-même était un genre de désert rocheux martien, qui testait toutes les nuances des orangés, du jaune éclatant au rouge écarlate. Après un glissement du clair éblouissant au sombre nocturne, par la suite, le paysage changea encore de teintes, glissant sur toutes les bandes de l'arc-en-ciel : rouge, orange, jaune, vert, bleu, indigo, violet, mais encore des bruns, des sépias, des gris, des beiges, des ors, des argents, des chromes. Pol eu l'impression d'être entré dans un logiciel de traitement d'images, fonction palette des couleurs, et qu'un artiste fou s'amusait à déplacer les curseurs d'une extrémité à l'autre des spectres colorimétriques, triturant luminosité, contraste, saturation, teinte et balance des couleurs, filtrant tour à tour les tonalités claires et sombres, chaudes et froides.

Après un nouveau passage au noir, un paysage plus terrien émergea du néant, un coin bucolique, verdoyant, avec des collines qui s'étageaient au loin, sous un ciel azur et… apparurent les premiers sons.

Pol perçut d'abord des sons purs, puis des combinaisons de sons, des accords, certains parfaits, d'autres fortement dissonants, auxquels s'enchaînèrent divers bruits, ronflements, grésillements, grincements, claquements, détonations, stridences, stridulations, avec de très nombreux effets d'écho, de rythmiques, de réverbération et de spatialisation. Pol se sentait complètement plongé, immergé, emporté, noyé, dans un incessant fleuve sonore, qui ondulait en intensité entre le murmure des clapotis et le hurlement des tempêtes. Puis, un immense tourbillon sonore se forma autour de lui, d'abord vrillant, métallique, rugissant, cacophonique, puis montant, montant, en un crescendo infernal, qui semblait vouloir le soulever, lui, le sans corps, l'arracher, le déchirer, le broyer, l'éclater. Et, peu à peu, alors que sa conscience était au bord du malaise, de la nausée, dans tout ce vacarme du diable, commencèrent à poindre des voix animales, sous la forme de hurlements, de râles longs, de feulements terribles, de sauvages rugissements. Alternaient douloureusement les aigus perçants ultrasoniques et les vibrations graves et tectoniques des infrasons. Couinements de chauves-souris et tambours du pas des éléphants. Puis, des harmonies émergèrent, convoquant tous les instruments de musique de la Terre en un immense orchestre symphonique. Il crut reconnaître maintes mélodies, mais comme ces écrits, dans les rêves nocturnes, que l'on voit nettement, mais que l'on ne saurait lire, il ne put en identifier aucune. La musique l'emportait à présent sur ses ondes, tantôt envoûtantes, et submergeantes, tantôt paisibles et émollientes. Et, soudain, du fond des euphonies musicales, apparurent des voix humaines, encore criardes, discordantes, puis, de plus en plus harmonieuses, qui s'élancèrent, s'envolèrent, en un chœur céleste, des canons exquis, soulevant son âme, broyant ses émotions, l'emportant haut dans un abîme de volupté et d'incommensurable joie. Devant tant de beauté sonore, jointe à la magnificence du paysage autour de lui, il fut ravi par son premier orgasme psychique, où toutes ses pensées fusionnèrent en un cœur de jouissance, en une euphorie de l'être, comme en une éternelle et infinie béatitude. Et, repus, extatique, puis contemplatif, immobile, le son, en borborygmes, gargouillis, bruissements, grommellements, murmures engloutis, s'éteignit, comme flamme de bougie qui part, disparaît en un fil de fumée. Le laissant groggy, mais comblé, sonné, mais heureux.

Nouveau passage au noir. Et... Silence. Non pas de ce silence frelaté et son inextinguible chuintement brownien, mais un pur silence, une immaculée absence de son, le parfait mutisme binaire, tous les bits à zéro.

Deux nouvelles modalités sensorielles apparurent ensuite, progressivement. D'abord comme atmosphère, fraîcheur, puis moiteur, puis à nouveau vivifiance et enfin fragrance. L'anosmie de Pol, qui régnait jusque-là, céda la place à d'imperceptibles exhalaisons. Et, en synergie, son agueusie s'estompa dans de subtiles saveurs qui se répandaient comme le brouillard au fond des vallons les soirs d'automne, dans une bouche de partout et de nulle part. Pol était devenu nez et bouche en même temps, comme la référence décorporisée à de pures sensations.

De premières odeurs envahirent son âme. De légers effluves, agréables, des bouquets chimiques, résines et térébenthine, envahirent son espace intérieur, nez et bouche toujours intimement associés en une expérience unique, une communion aromatique. Les arômes-saveurs s'enchaînaient ainsi les uns aux autres, glissant, décalés, se recouvrant comme les tuiles d'un toit, s'écoulant en un long fleuve de sentiments sensoriels. Et soudain, ce fleuve lui sembla se stratifier, comme si des lames, des feuillets odoriférants et gustatifs se détachaient les uns des autres, étalant le spectre complet des odeurs et des sous-odeurs, des goûts et des sous-goûts, de toutes leurs composantes moléculaires.

La dissociation tourna d'abord à l'horrible cacosmie, où se mêlèrent ou se succédèrent d'âcres vomissures, transpiration, fromage plus que fait, excréments, pets d'œuf pourri soufré, pour virer aux remugles de la chair putréfiée, la pourriture des laitages, la pestilence des égouts et des fosses septiques, l'infection des gangrènes, la puanteur fétide des haleines, poissons en décomposition. Puis, la roue des perceptions tourna encore, inexorable, glissant vers l'acidité, relents d'ozone, javel, ammoniaque, s'étendant en peinture acrylique, goudron doucereux et pétrole, alcool à brûler, vinasse.

De nouvelles strates du goût, couches de l'odorat, enveloppèrent l'esprit de Pol, tourbillonnant en affriolants effluves, éloignant son malaise et sa nausée. D'abord des vapeurs chargées de musc, de douces émanations de grottes, de pierre, chaux, calcaire, virant à l'eau, mousses et fougères, humus et tabac, herbes mouillées aux premières pluies d'août, savane herbacée, jungle profonde, forêt sombre. Glissant encore et se déployant comme éventail, en émanations boisées, cèdre, fenouil, anis, aneth et cumin. Encens. Puis, encore des douceurs envahirent son âme-bouche-nez, épicées, citronnées, poivrées, mentholées, violettes et fraises des bois. Un instant, Pol crut fixer du légume, de la carotte, du poivron, des oignons, du poireau, mais cela vira rapidement au pain cuit, au café grillé et au pop-corn. Noix de coco, vanille, miel et beurre fondu. Viande au barbecue, dont les fumets, étrangement, complotèrent avec le caramel, la vanille et le chocolat. Les parfums et les saveurs sucrées se firent de plus en plus prégnants, envahissant l'expérience de Pol d'une douce félicité, fruitée, d'abord citron, pamplemousse, puis éclatant en exquises mangue, framboise, raisin, orange et banane. Le tourbillon des afférences de plus en plus mêlées, sembla alors ralentir, comme le patineur tournoyant qui étend ses bras. Et, soudain…

Fondu enchaîné au noir.

Pol fut dans un corps. Corps de douleur. Noué sur un carrelage, yeux fermés, hurlement, car un feu intérieur le brûlait. Ce corps semblait venir à la vie par longs filaments vitaux, longues ramifications de petits nerfs qui se répandaient, de son cerveau descendant dans sa moelle épinière, se démultipliant en ruisseaux de lave, de plus en plus fins, capillaires, jusqu'au bout de ses extrémités, les mains, les pieds, jusqu'au cœur de ses entrailles, transformées en un ardent brasier, jusqu'à la surface de sa peau, incandescente.

Ce corps se tordait de douleur, haletant sous la brûlure électrique. Puis, ses poumons en feu, les premiers, commencèrent à sentir l'air frais qui les apaisait. Peu à peu, les sensations d'ignition cédèrent la place à d'autres impressions. Il lui semblait tiédir, se refroidir, il sentait à présent le carrelage frais et solide sur lequel il était recroquevillé. Il se sentait nu. Lorsque son front sur le sol lui sembla pouvoir se décoller sans crainte d'une combustion spontanée, le corps dans lequel se trouvait Pol se redressa, prenant appui sur ses mains et ses bras tendus. Il était dans une salle de bains au carrelage mural couleur pêche. Sur sa gauche le bac d'une douche, sur sa droite un lave-linge et, face à lui, un lavabo, surmonté d'un large miroir et d'une rampe d'ampoules blanches, brillantes, qui jetaient une vive clarté dans la pièce. Les murs, eux-mêmes carrelés, jouaient avec d'exquis motifs géométriques, alternant avec des plages unies aux tons rouges. Tout lui paraissait trop vif et trop réel. Les couleurs, éclatantes, semblaient comme jaillir du sol et des murs, les odeurs de savon, shampooing, humidité, moisissures avaient un relief extraordinaire, le silence de la pièce était son oxymore : assourdissant ; seulement entrecoupé par le clapotis pendulaire d'une goutte d'eau tombant du pommeau de la douche, qui s'écrasait dans le bac en un tac digital, ultra précis et acéré. De ce corps, Pol ressentait une extrême vitalité. Il le sentait à la fois épuisé, mais aussi chargé d'une énergie potentielle, d'une puissance biologique, prêtes à s'exprimer, à s'épanouir, voire à exploser, au moindre de ses désirs. Le souvenir lui revint de certains matins de son adolescence, tout juste éveillé, au saut du lit, comme il avait pu se sentir, le corps et l'esprit totalement reposés et, en même temps, saturés d'énergie. Mais dans ce corps, Pol était aussi impuissant, il ne pouvait le commander, il en était prisonnier, assistant passivement aux sensations et aux actions.

Des deux mains, le corps s'agrippa au rebord du lavabo et se hissa, debout. Au passage, juste avant de refermer les yeux, un instant ébloui, étourdi, Pol avait bien perçu la finesse des mains, la gracilité des poignets. Mais il les oublia aussitôt. Debout, bras tendus, mains en appui sur le rebord du lavabo, le corps qu'habitait Pol rouvrit les yeux sur le miroir, face à lui. Et il vit un bassin de femme, le sexe aux poils ras d'une femelle humaine.

L'esprit sidéré de Pol contempla le corps magnifique d'une jeune femme brune, au tain halé, aux seins lourds et fermes, au ventre plat, aux hanches larges, aux cuisses puissantes. Le regard revint vers le visage, son visage ! C'était SON corps ! Il était femme ! Il n'en revenait pas. Le corps prit ses seins à deux mains, doucement, et Pol se souvint des seins de Prya. Il se souvint de ces instants où Prya se tenait, debout, devant lui, lui souriant dans le miroir. Comme il plaquait son corps contre le sien, sentant poindre une érection contre les fesses de sa femme et prenant pareillement ses seins entre ses mains, comme deux fruits offerts au dieu qu'il lui semblait être, à ces moments-là. Là, ce sont ses propres seins qu'il touchait !

La femme qu'il habitait se regarda. Ce beau visage en écusson, encadré d'une épaisse chevelure brune, aux boucles ondulées, un peu brésilien, un peu indien, sourcils et yeux bien écartés, paupières légèrement lourdes, nez légèrement épaté, bouche légèrement sensuelle, lui sourit et Pol en ressentit une divine jouissance, comme si elle lui avait sourit, à lui, en même temps qu'il se souriait à lui-même. Les deux sentiments se percutèrent lorsque cette belle femme lui sourit à présent, radieusement, dévoilant une parfaite et maculée dentition, émoustillant, séduisant, le mâle en lui et, qu'il soit elle, cela fit synergie, en deux représentations irréconciliablement soudées. Et ce visage de femme éclata d'un rire vif et mélodieux et sa voix, qu'il entendait pour la première fois, lui sembla être comme l'eau pure d'un torrent dévalant la montagne. Son rire coulait du sommet de son être, rebondissant sur les roches de ses certitudes, creusant les falaises de ses évidences, plongeant dans les forêts épaisses de ses émotions, se répandant dans les plaines radieuses de ses sensations. Jusqu'à ce que la porte s'ouvre, derrière lui, et explose contre le carrelage du mur.

Ils étaient trois. Un cri lui échappa. Elle se retourna d'un bloc, poings serrés, comme un homme, prête à faire face et front. D'un coup, deux se saisirent de ses bras et le marteau-pilon du troisième s'abattit sur son estomac, lui coupant le souffle. Ils la traînèrent hors de la salle de bains et la jetèrent sur le lit défait. Elle s'y recroquevilla, luttant pour retrouver sa respiration le plus vite possible. Elle devait se défendre !

Pendant ce temps, ils s'étaient prestement dévêtus. Deux la saisirent à nouveau. Elle se débattit encore. Une avalanche de coups tomba sur son beau visage. Pol et elle se mirent à pleurer. Il se souvint de son humiliation, à l'école primaire, lorsqu'un grand l'avait giflé. Les poignes serraient ses chevilles et ses genoux comme dans un étau. Ils l'ouvrirent en grand, exhibant son intimité. Déjà, elle se sentait anéantie intérieurement. Elle ne pouvait plus se débattre, elle ne pouvait risquer sa vie, son beau visage. Elle vit le troisième mouiller par routine son gland de salive. Son sexe en érection lui parut énorme, démesuré. Il ne pouvait pas le faire et elle/il cria « NON ! », répéta « NON ! », aux trois sourds qui allaient la violer. Et il s'affaissa sur elle, la pénétrant profondément, d'un coup et la pistonnant avec un rictus sur le visage.

Étrangement, la douleur atroce à laquelle Pol s'attendait ne survint pas. L'entrée de son vagin lui brûla au début, mais rapidement, le pénis en elle ne fut plus qu'un corps étranger, étrange, mais pas vraiment douloureux. « C'est ça un viol ? », se dit-il, scrutant tout au fond de lui, cherchant le souvenir de ce qu'il s'en était représenté, lorsqu'il était un homme.

Il chercha à l'embrasser sur la bouche. Elle détourna la tête, dégoûtée. Mais lui, sa main prise dans sa tignasse, immobilisa son beau visage ensanglanté et y plaqua le sien, forçant ses lèvres, de sa langue avide. Elle y songea, mais n'osa pas le mordre, elle était terrifiée.

Il s'épancha en elle à coups de boutoir et cris rauques. Puis, atroces chaises musicales, ce fut au tour du second. Elle finit par s'abandonner. À quoi bon à présent ? Et il/elle se réfugia au fond de lui-même, s'étonnant de l'obscure paix, de la mortelle quiétude qui y régnait. Elle/il se sentait dans un néant, qui allait l'engloutir. Mais d'autres coups, des gifles, s'abattirent sur son visage, pour la réveiller. Ils voulaient de la réaction, qu'elle se débatte. Ils voulaient que la souris cherche à fuir les griffes du chat. Ils la voulaient vivante et luttant et non pas à demi morte, passive. Elle ne devait pas leur échapper, par aucune issue de secours et ils la retournèrent.

C'est à ce moment-là qu'une chose étrange émergea en elle et Pol en fut fort étonné. Elle écarta les genoux, cambra ses reins, comme en un réflexe et, cette fois, eu l'impression de se donner. Ils riaient, comme des enfants, commentaient en lourdes obscénités, son intimité, son cul, son gros cul, l'injuriaient, la rabaissaient, l'humiliaient (ou croyaient pouvoir le faire). On malaxait ses seins, on triturait ses fesses. Et à nouveau un dard la pénétra, la fouilla. Mais ce ne fut plus comme avant.

Lorsqu'en même temps, un autre dard se présenta à sa bouche, elle s'en saisit, l'accueillit au fond de sa gorge, à deux doigts d'étouffer, trouvant naturellement le rythme de la pompe, rassemblant ses lèvres, évitant d'y mettre les dents. Et la somme de ces intrusions, la peur et toutes ses sensations se mêlèrent en un point, au milieu de son front. Il/elle s'aperçut, horrifié(e) et ravi(e) en même temps, qu'elle ne se donnait plus, mais qu'elle prenait. Son vagin était devenu une bouche chaude, avide et débordante d'un plaisir trouble, coupable. Et sa bouche était devenue un vagin sans dent, ses lèvres électriques suçaient voluptueusement. Elle se sentait pleine, comblée, investie, exister. Elle était comme la SALOPE qu'elle avait toujours était. Elle regrettait, à chaque tour, le changement de chaises. Mais, en même temps, à chaque tour, comme un nouveau plaisir naissait, comme un semblant de première fois. Il se souvint de sa première pénétration sexuelle, avec une petite copine du lycée. Il se souvint de l'irrésistible et chaude mouillure, de ce vagin autour de son sexe, qui l'avait fait prématurément éjaculer, ce jour-là. Et là, il était ce vagin et sa bouche, inondée de sperme âcre, était ce vagin. La jouissance éclata, suffocante, envahissante, explosant dans son corps, entier, bien plus puissante que son premier orgasme de collégien, illuminant sa conscience d'un long flash atomique, secouant tous ses nerfs et tous ses muscles, de longues répliques telluriques, qui allèrent en decrescendo, ondes parfaites, bienheureuses, encore porteuses de la jouissance initiale.

C'est repus et repu(e), qu'ils l'abandonnèrent, poupée écartelée, cassée, amèrement satisfaite, groggy, étonnée, épuisée. Il/elle ne voulait plus rien savoir du monde, de cette réalité. Elle/il voulait disparaître et le sommeil la/le terrassa.

Sans doute, juste un autre de ces passages au noir, car la conscience de Pol s'anima à nouveau. Il était aveugle, il était sourd, il ne sentait rien, ni aucun goût dans sa bouche. Univers noir, vide, angoissant. Et pourtant, il sentait un corps, il se sentait toujours dans un corps. Un peu comme ces patients en *locked-in syndrome*, mais un syndrome inversé : il ne percevait plus l'environnement, mais continuait à percevoir le corps dans lequel il était enfermé et, de plus, ce corps se mit à se mouvoir. Marionnette manipulée par il ne savait qui, ce corps se mit à marcher, à courir, à sauter, se plier, se tordre. Pol ressentit alors de ce corps des sensations douloureuses, dans la poitrine, dans tous les muscles, puis, peu à peu, émergèrent d'autres sensations plus agréables, viscérales, épidermiques. Son cœur et ses tempes se mirent à battre, sa respiration, d'abord haletante, s'apaisa progressivement.

Le corps s'était assis, immobile, depuis un moment. Un air frais et parfumé envahissait ses poumons à chaque inspiration. Et… Il inspira plus amplement. Non pas le corps, seulement, mais Pol inspira plus amplement, gonflant sa poitrine ! Pol ouvrit les yeux, inclina sa tête, regardant son corps. Pol se regarda alors, activement, de sa propre volonté, regarda ses bras, ses mains. Pol releva volontairement son regard et il vit « un coin bucolique, verdoyant, avec des collines qui s'étageaient au loin, sous un ciel azur ».

Pol plongea dans un total ravissement. Tout était si beau, si parfait et il se sentait si parfaitement bien. Une incommensurable sérénité de l'âme. Il était enfin dans son corps, qu'il pouvait commander et mouvoir, respirer à volonté, déplacer bras et jambes, ouvrir et fermer ses mains, tortiller ses doigts de pieds, s'étirer, se pencher en arrière et prendre appui sur ses coudes, dans l'herbe. Ses doigts, dans l'herbe, touchant chaque brin d'herbe et chaque brin d'herbe était d'une exquise précision, brillait d'un magnifique éclat intérieur et tout ce monde, cet univers, autour de lui, était éclatant de couleurs, de lumières, d'une fondamentale vivacité. Et les sons, si nets, si présents. Et les odeurs, si prégnantes, des bouffés de campagne et de forêts, de prairies, de fleurs, jusqu'aux légères évocations des embruns salés d'un océan qui devait se trouver, quelque part, au-delà des collines.

Il s'en assura. Ce corps, qu'il habitait et commandait, était bien lui-même, apparemment, le sien, vraiment. Il était habillé, comme d'habitude. Il s'y sentait particulièrement bien, calme, détendu, dans une parfaite relaxation. Et une petite voix l'interpella :

– Coucou ! Bapou ?!

Pol se retourna. C'était Jeevana, la fillette du Home. Mais il n'avait plus en tête qu'elle était l'Operator. Il la vit comme il aurait vu Sybil, sa propre fille. Il n'eut plus de scrupule à l'entendre l'appeler « bapou » et il savait que cela voulait dire « papa » en hindi et il trouva tout naturel de la recevoir dans ses bras, dans lesquels elle venait de se précipiter et de ressentir pour elle un amour paternel, tout comme si elle avait été Sybil, sa propre fille et peut-être plus que si elle avait été sa propre fille.

Elle se retrouva à demi couchée sur ses cuisses, riante, blottie, lui l'enveloppant de ses bras et couvrant son visage de baisés. Il lui souffla, lèvres vibrantes, dans le cou et le rire de la petite Indienne s'égrena encore et encore dans son oreille gauche et Pol se sentit envahi d'un amour puissant pour cette enfant, comme si un tremblement de terre venait de la lui rendre.

Ils restèrent un bon moment, ainsi, elle blottie, regardant gravement le visage de son bapou, lui, tenant dans le giron de ses bras, un trésor inestimable, une pierre précieuse, une étoile, un merveilleux petit être. Et l'amour qu'il ressentait submergea son cœur et ses yeux. Il n'avait jamais ressenti un tel amour. Il avait été amoureux, il avait souffert, mais une telle intensité lui était totalement nouvelle. Il n'imaginait pas qu'il puisse aimer à ce point, ressentir une telle émotion, un tel sentiment de plénitude et d'unicité. La serrant contre lui, sentant la respiration de Jeevana, le cœur de Jeevana, contre sa poitrine, il ferma ses yeux, débordant de larmes, berçant doucement son enfant chérie.

Au... bout... d'un... moment... il lui sembla revenir à la raison. Toujours immobile, Jeevana blottie dans ses bras serrés, il lui vint soudain à l'esprit QUI était Jeevana : il était en train d'étreindre l'Operator ! L'illusion émotionnelle et amoureuse avait été si parfaite qu'il s'y était laissé totalement prendre. Et elle était encore si prégnante qu'il n'osa pas envoyer valdinguer la sorte de poupée biologique qu'il tenait contre lui. Il se sentait partagé entre la colère de s'être fait avoir et les échos d'une émotion tellement positive et saisissante, qu'il ne savait plus que faire. Garder l'Operator contre lui, ou repousser l'Operator sans ménagement, dans les deux cas il allait perdre la face, dans les deux cas c'était donner à l'Operator une consistance qu'il n'avait pas.

Par chance, c'est Jeevana elle-même qui sortit d'un apparent assoupissement et, s'étirant dans ses bras, elle lui sourit si tendrement, qu'à nouveau, l'émotion s'empara de lui. Mais il y résista, cette fois, et fit l'effort de parler pour tenter de la dissoudre.

– Operator Jeevana, vous êtes priée de vous éloigner de mon Body-Skin. Merci !

La fillette se redressa et, roulant dans l'herbe, s'assit à petite distance, face à Pol.

– Alors, Pol, c'était bien ? Heureux ? interrogea-t-elle. Cela t'a-t-il plu ?

– Je ne comprends pas comment j'ai pu autant m'illusionner avec toi.

– C'est un peu le principe de la peluche du petit enfant. J'ai (le System, quand je dis « je », OK ?), j'ai utilisé cette partie de l'enfant en toi qui est encore capable de s'attacher à un ours en peluche et de l'aimer profondément. Et cela a marché ! Bravo ! Il ne faut pas en avoir honte, quoique le System apprécie beaucoup ton sentiment de honte, aussi bien.

– Un parasite de mes émotions. Il s'en repaît.

– Si tu veux. Tu peux voir les choses comme ça. Mais contesteras-tu que le processus implique pour toi des expériences hautement gratifiantes ? N'est-ce pas ?

Pol fit la moue, partagé.

– Et le viol, en inwitness, si je ne me trompe. Tu appelles ça une expérience « gratifiante » ?

– De mon point de vue (qui est celui du System, bien entendu), « gratifiant » doit être considéré globalement. La pire des expériences, au final, peut être considérée comme positive, « gratifiante » à un certain niveau. Et puis, pour ce qui concerne l'expérience en question, entre être dans le Body-Skin d'une belle femme (ce que tu sembles avoir bien apprécié) et la jouissance sexuelle, sur la fin, le bilan global n'est-il pas positif ? Je suis certaine qu'avec le temps, tu n'en garderas que les bons côtés.

« Et puis, réfléchit un peu à cet amour qui a émergé, comme ça, si intense, pour moi, ta petite Jeevana. Qui a émergé parce que tu étais dans un état où tu ne contrôlais plus grand-chose, où tu étais dans une totale spontanéité, n'est-ce pas là une expérience précieuse ? Terriblement importante ? Pourquoi la dénigrer parce que, soi-disant, je ne suis qu'une illusion, je ne suis QUE l'Operator et que, partant, ton amour ne serait qu'illusion ? Un amour factice, te dis-tu. Mais, réfléchis un instant : tous les amours ne sont-ils pas, au fond, illusion ? Ne sont-ils pas irrémédiablement factices ? »

Pol considéra ce qu'était devenu son amour pour Prya. Et ce que deviendrait son amour pour ses enfants, pour Pyar, pour Sybil... Le temps passe, le temps passerait et ses sentiments évolueraient... Depuis combien de temps n'avait-il pas étreint avec autant d'intensité émotionnelle, la jeune fille Prya ? Sa petite fille Sybil ?

– Tu vois (désolée de partager tes pensées), tu commences à comprendre, reprit la petite Indienne avec un sourire espiègle. Pourquoi ne pas jouer le jeu ? Je ne suis que ton premier False Other, personnage virtuel, dans un univers virtuel. Tu en connaîtras bien d'autres et tu en aimeras (ou haïras) beaucoup d'autres, crois-moi. Que je sois réelle ou irréelle ne compte pas. Ce qui compte c'est la possibilité de vivre tes rêves. C'est la possibilité de vivre des expériences riches et intenses, les moyens importent peu. Ce n'est pas la peluche qui compte, mais c'est LA peluche ! Ce n'est pas qui tu aimes qui compte, mais c'est le sentiment d'amour lui-même. C'est le principe même de l'amour « divin », « absolu », « universel », comme tu voudras. Cela a sans doute aussi à voir avec un certain renard qu'il faut apprivoiser pour qu'il devienne unique. Tu me comprends ?

– Un peu, fit Pol, pensif. Il changea soudain de sujet. « À propos, les tests, avec le System, c'est bon, c'est terminé ? »

– Oui, Pol, c'est terminé, ton système nerveux est désormais en phase avec LE System. Tout va bien. Ça n'a pas été trop dur ?

– Un peu, mais ça va. Le plus difficile a été l'entrée en inwitness, mais heureusement, cela ne dure pas...

– Rien ne dure... coupa la fillette, énigmatique.

– Ma famille ?! Pol venait soudain de penser aux siens. Comment ont-ils vécu tout ça ? Cela a dû être dur pour les petits. Ont-ils vécu tout ce que j'ai vécu ? Pol se sentit soudain très anxieux et coupable aussi, d'avoir totalement perdu de vue sa famille.

En guise de réponse, Jeevana, l'Operator, lui sourit en regardant derrière lui. « Papa ! Papa ! Papa ! » Et Pol reconnut les voix de ses enfants.

Il se leva aussitôt, souriant, riant quand ses deux bambins se jetèrent dans ses bras. Et, quelque pas en arrière, Prya, sa femme adorée, qui marchait lentement vers eux, éclatante. Elle semblait si heureuse. Tous les quatre se serrèrent, dans les bras les uns des autres, comme s'ils se retrouvaient après un très long voyage. Alors qu'ils ne s'étaient quittés que depuis… Depuis quand d'ailleurs ? Que valait la notion de temps dans les mondes virtuels ? Une réflexion qui doucha aussitôt Pol. Tout en tenant ses petits contre lui, il se tourna vers Jeevana, l'Operator, qui s'était tenu(e) à l'écart.

– Je sens que je me suis encore fait avoir ! Lui lança Pol.

La petite Indienne lui souriait, moqueuse.

– Qu'est-ce qu'il se passe mon chéri ? demanda Prya.

– Un instant MA chérie. Les enfants, vous me laissez une minute, d'accord ? Je dois parler avec la petite, là-bas. OK ?

Pol alla vers l'Operator, soucieux et avec un soupçon de colère. Il la prit par le bras et s'éloigna de sa famille à peine retrouvée.

– Et ça, c'est quoi ? Des « True » ou des « False Others » ? Hein ? J'en ai marre de ces illusions. Fit-il entre ses dents.

– Ne t'inquiète pas, Pol, répondit Jeevana, avec sérieux. Les tests ne sont pas tout à fait terminés pour ta femme et tes enfants, mais tout se passe très bien pour eux. Ce sont donc des False Others que le System t'offre, pour te faire plaisir. C'est tout. Ne le prends pas mal et savoure l'instant présent. *Carpe diem.*

– Ne me mens pas : est-ce que mes enfants, ma femme, est-ce qu'ils ont vécu un… un viol, comme moi ? Réponds-moi franchement.

– Non Pol, chaque individu est différent et vit l'initiation à la Partition Illimitée différemment. Bien sûr les bases des réglages, la vision, l'audition, l'odorat et le goût, c'est un peu pareil pour tout le monde. Le passage en inwitness est malheureusement similaire, assez douloureux, mais tu as pu le constater, cela ne dure pas très longtemps. Après les expériences seront très différentes selon les individus, leur personnalité, leur sexe, leur âge, etc.

– Mais moi, pourquoi me suis-je retrouvé dans un corps de femme et pourquoi ce viol ?

– Le System capte tes tendances les plus profondes, inconscientes, et te permet de vivre ces tendances. Il n'y a pas d'autre explication.

– Donc, ça veut dire qu'au fond de moi je rêve d'être « une femme qui se fait violer » ?!

– Sans aucun doute. C'est sûrement ça. Cela t'étonne ?

Pol ne savait que répondre. Cela l'étonnait, mais… pas tant que cela. Et des fantasmes sexuels assez précis lui revinrent en mémoire, suscitant en lui des sentiments de honte.

– Tu vois, Pol ? Qu'est-ce que je disais ? fit doucement Jeevana en lui prenant la main. Allez, va rejoindre les tiens.

Pol prit davantage conscience de son environnement. Ils étaient toujours sur une prairie à l'herbe rase et fleurie. Il y avait un vieux tilleul, dont des moutons avaient rafraîchi la nuque. Il se souvint d'un semblable tilleul dans la cour de la maison de ses parents. En marchant lentement avec la petite Indienne, l'Operator, ils s'étaient éloignés de Prya et des enfants. Il les vit au loin. Prya était assise sur une roche et regardait les enfants en train de jouer. Ils se poursuivaient et roulaient par moment dans l'herbe et se relevaient à nouveau, tout en criant et riant. Entre sa famille et lui, il y avait deux hauts pins maritimes, assez proches l'un de l'autre, qui lançaient leurs troncs effilés vers le ciel. Il se décida spontanément à passer entre ces deux arbres pour rejoindre les siens. Il lâcha la main de Jeevana et, presque aussitôt, une petite bourrasque fraîche passa sur lui, comme un signal. Il n'y fit pas vraiment attention, car peu après, il eut faim et il héla ses enfants.

– Oh, oh, les enfants ! Est-ce que vous avez faim ?! On pourrait aller chercher à manger !

Les petits s'arrêtèrent, un peu surpris et se redressèrent, debout, sur la pelouse. Prya leva son visage et lui sourit, avec un petit geste de la main. Pol avançait rapidement, s'approchant des deux pins maritimes. Il était heureux, parfaitement heureux. Il ne savait où ils allaient bien pouvoir manger, mais… Et c'est à ce moment-là qu'il passa entre les deux pins et, instantanément, il franchit sa première hidden door.

Ce fut comme un bref trou noir et il se retrouva en train de regarder l'intérieur d'un casque, un écran grisâtre, vide. Le casque remonta lentement au-dessus de lui, le fauteuil sur lequel il était assis se redressa à la verticale. Pol était de retour dans le salon, dans le youpac. Autour de lui, encore confortablement installés dans leur fauteuil incliné, le casque noir cachant leur tête, sa femme et ses enfants étaient bien là, toujours perdus dans les mondes virtuels de leur initiation à la Partition Illimitée.

Soudain inquiet, il se leva et alla toucher tour à tour les bras de Sybil, de Pyar et de Prya. Ils étaient chauds, les pouls palpitants, vivants ! Les poitrines se soulevaient et s'abaissaient lentement, au rythme d'un sommeil très profond. Pensant qu'ils allaient bientôt émerger, comme lui, de ce coma artificiel, Pol attendit, reprenant place sur son fauteuil.

Il regarda sa montre. Il était midi passé. C'est pour cela qu'il commençait à avoir faim. Il songea à tout ce qu'il venait de vivre dans la virtualité. Les tests, le… viol, en inwitness. Être une femme, dans le corps d'une femme… Il en gardait une sorte de nostalgie. Le System avait bien raison, finalement, c'était son rêve secret. Non pas qu'il veuille être une femme définitivement, mais vivre cette expérience, de temps en temps, pourquoi pas ? Il n'y avait pas de honte à avoir. C'était lui, sa propre expérience intime… Et puis, le viol… Il songea alors à la petite Indienne. Quelle charmante attention du System que cet adorable Operator ! Il avait éprouvé une telle affection pour cette enfant. Des larmes remontèrent à ses yeux. Il tenta de se reprendre. Ce n'était après tout qu'une illusion du System. Mais c'était une super illusion ! Pol lutta pour ne pas fermer les yeux et entrer dans ce tendre souvenir de Jeevana. Il avait peur qu'en fermant les yeux le System ne le fasse replonger en out, in ou activwitness.

Il avait faim. Rien du côté des siens. Jeevana lui avait dit qu'ils étaient en retard dans leurs tests. De combien de temps ? Il se releva du fauteuil et se décida à sortir du salon. Après tout, ils étaient tous dans le youpac et finiraient bien par se retrouver. La porte s'ouvrit sans aucune difficulté et se referma automatiquement. Pol s'engagea résolument dans le couloir circulaire, à la recherche des ascenseurs. Il croisa un membre du staff, habillé de bleu, souriant.

– Comment allez-vous ? Lui demanda le jeune homme à la mine avenante.

– Parfaitement bien, répondit Pol en souriant, lui aussi. J'ai laissé ma femme et mes enfants dans le salon. Je crois que les tests ne sont pas encore tout à fait terminés pour eux…

– Oui, c'est normal. Cela dure plus ou moins longtemps selon les personnes. Vous devez être un rapide ! fit-il en riant. Pol redevint sérieux.

– Heu, savez-vous où je peux me restaurer un peu, toutes ces expériences virtuelles m'ont mise en appétit.

– Ah, oui ! C'est facile. Juste à côté vous avez les ascenseurs, là. Vous descendez au troisième. C'est marqué « Restaurant ». Vous ne pouvez pas vous tromper. Vous pourrez y attendre votre famille. Le System leur enverra un message pour les informer. Aucun souci à avoir.

L'homme s'éloigna en souriant et en lui faisant un petit geste amical de la main. Une fois dans l'ascenseur Pol fut étonné de voir l'indication

« Restaurant » à côté du bouton du troisième étage. Il ne se souvenait pas de ce panneau en montant. Peut-être n'était-ce pas marqué dans tous les ascenseurs. Il hésita… Sa faim semblait s'être apaisée. Il pouvait bien différer un peu. Il se décida à appuyer sur le bouton du rez-de-chaussée. Il avait une envie, soudaine, de prendre l'air, de jeter un coup d'œil dehors, de revoir la ville. Une sorte de « test de réalité ». L'ascenseur fondit sur sa destination, Pol se demandant comment le System pourrait avertir sa famille…

En sortant de l'ascenseur, Pol s'avisa qu'il y avait un genre de salon-bar sur la gauche et, spontanément, il s'y rendit. Après tout, avant de manger, en attendant les siens, il pouvait bien prendre un verre d'alcool et grignoter quelques cacahuètes. Il y avait une quarantaine de personnes. La plupart semblaient seules. L'ambiance lui parut paisible, sereine et, armé de son verre et d'un bol d'arachide, il s'enhardit à s'asseoir sur une banquette, non loin d'une jeune femme. Il lui sourit et elle fit de même. Sa récente expérience semblait avoir transformé Pol. Lui qui, habituellement, restait sur la réserve et n'aurait sans doute jamais abordé une femme de cette façon, il se lança spontanément dans une conversation.

– Je suppose que, vous aussi, vous attendez quelqu'un…

– Oui, mon ami, lui répondit aimablement la jeune femme blonde, aux cheveux frisés, visage poupin et gracieux.

– C'est pareil pour moi, j'attends ma femme et les enfants.

– Vous en avez beaucoup ?

— Heu, deux ! L'aînée, une fille, qui va sur ses onze ans et le petit qui a sept ans. Votre initiation n'a pas était trop dure ? Enfin, vous n'êtes pas obligée d'en parler, se reprit Pol, soudain embarrassé.

— Oh, ça va, ça va. Dans l'ensemble, ce ne fut pas si désagréable que cela. J'en garde un bon souvenir.

La jeune femme plongea son nez dans un verre de Martini, apparemment.

— Oui, c'est pareil pour moi, fit Pol, lénifiant. Une bonne expérience, finalement. Et il songea à nouveau à la fin jouissive de son viol.

Il plongea à son tour son nez dans son verre. Il venait de se rendre compte que quelque chose n'allait pas trop, autour de lui. Il ne savait pas comment définir son impression. Un mot lui vint à l'esprit : « lisse », tout lui semblait un peu trop « lisse ». Ce n'était pas très précis, cette impression, comme si les choses étaient globalement trop simples, artificielles. Ce qui commença à lui faire douter de la réalité.

— Excusez-moi, fit-il, j'ai l'impression que c'est bizarre, autour de nous. C'est sans doute moi. Je veux dire, cela doit venir de moi, un effet secondaire de la virtualité, sans doute…

— Oui, je vois ce que vous voulez dire. C'est un peu ce que je vis aussi. Comme dans un monde étrange. Ça doit un peu nous détraquer le cerveau tous ces tests qu'ils nous font.

Pol eut tout à coup une furieuse envie de prendre l'air, de quitter tout ça, le youpac… Il voulait se changer les idées.

— Bon ! fit-il en se levant d'un coup. Je dois attendre ma famille au troisième, au restaurant. Sans doute y sont-ils déjà. Je vais vous laisser. Enchanté d'avoir parlé un peu…

– Oui, enchantée, moi aussi, sourit la jeune femme. Moi c'est ici que je dois attendre. Hé bien, au revoir.

Ils se serrèrent la main. Pol se rendit vers les ascenseurs, mais, prenant à gauche, il s'engagea résolument dans le hall d'entrée du youpac. Les gens étaient beaucoup moins nombreux à attendre. Les employés en bleu semblèrent ne pas le voir. Il sortit, un instant ébloui par le soleil radieux qui inondait ses rétines. Il regarda autour de lui et la sensation de « lisse » était toujours là. Il eut l'impulsion fugace de retourner dans le youpac et d'interroger un staff. Mais il se ravisa aussitôt. Il était probable qu'on lui servirait un discours tout fait qui ne lui apporterait rien. Inutile de demander aux employés du Diable de dire la vérité.

Pol se dirigea lentement vers la station de tramway, croisant les gens qui se rendaient au youpac. Il y avait des personnes seules (fort peu), des couples et des familles. Tous paraissaient sereins, voire heureux, comme s'ils partaient en excursion. Les couples se parlaient avec entrain, la main dans la main ou bras dessus bras dessous, les enfants riaient et couraient de-ci de-là, insouciants, leurs parents souriaient, indulgents. Pol ne discerna pas d'angoisse, tout semblait sûr et parfait pour ces gens. Étaient-ils seulement réels ? Peut-être étaient-ils tous des False Others. Le youpac lui-même, cette version de la « réalité » avec un youpac, pouvait-il être un simple monde virtuel ? Une virtualité imitant la réalité ?

Pol se dit qu'il avait été testé par le System et que c'était à son tour, à présent, de tester le System. Il oublia sa famille (après tout, les corps qu'il avait vus dans le salon n'étaient sans doute que des False Others, une famille virtuelle, il en était de plus en plus convaincu) et il prit le premier tramway pour rejoindre l'appartement familial.

Comment tester le System ? Il s'était assis à l'écart, au fond du tramway, contre une vitre, le regard perdu sur les immeubles qui défilaient, les humains qui marchaient sur les trottoirs, comme des petites poupées bien réglées. Il lui sembla s'habituer à l'impression de « lisse » et moins la percevoir. Ou bien s'estompait-elle parce que les effets de l'initiation sur son cerveau s'atténuaient ? Peut-être était-il alors vraiment de retour dans la réalité ? Pol se souvint de cette règle qu'il avait lue quelque part sur le Supranet, comme quoi il n'était pas possible de créer un univers virtuel qui reprendrait le format d'un UPAC. Le System voulait que les gens puissent bien différencier entre partitions limitée et illimitée. Mais, en y réfléchissant plus avant, il crut se souvenir que cette règle s'appliquait à l'Ego, mais pas forcément au System lui-même. Que le System empêche la commande d'un UPAC dans la virtualité pouvait se comprendre, mais rien n'empêchait le System de faire, lui-même, ce qu'il voulait. Il pouvait très bien créer des univers virtuels contenant un youpac pour les faire prendre pour de la réalité. Dans ce cas, l'effet de lissage pouvait être compris comme l'imperfection inhérente à la virtualité par rapport à la réalité. Et le fait que ce lisse s'estompe pouvait aussi s'interpréter comme un affinement, un perfectionnement de cette virtualité. Dans cet univers virtuel, avec youpac, son cerveau, son esprit et l'univers s'accordaient de plus en plus, d'où la diminution graduelle de l'effet de lisse.

Mais il revint à nouveau sur la question initiale : comment tester le System ? Ou comment démontrer qu'il était bien dans la virtualité ? Ou dans la réalité ? Pris dans ses réflexions, il faillit manquer la station et descendit juste à temps, avant que le tramway ne reparte. D'un pas alerte, il se dirigea vers la tour où se trouvait l'appartement familial. Les contrôleurs *Cyberpass* avaient disparu. Ascenseur. Huitième étage. Troisième porte à droite. Un doigt sur le senseur, ouverture digitale. Il poussa la porte qui venait de se débloquer.

Pol reconnut l'odeur de chez lui. C'était déjà ça. Mais le System pouvait très bien recréer cette odeur. Dans la petite entrée, il referma la porte et scruta autour de lui, cherchant un indice, une incohérence. Tout avait l'air normal. Il entra dans le salon. Rien. Apparemment. Il alla à son bureau. Le fauteuil, confortable. Il s'y assit. Mit le casque de visualisation sur sa tête, abaissa la visière. Les mains sur les échotroniques, il surfa quelques instants dans le Supranet. Pourrait-il coincer le System par le Supranet ? Mais le Supranet lui-même, déjà virtuel, pouvait être comme « virtualisé » dans un univers virtuel ! Comme un rêve dans un rêve. Pol laissa flotter son regard sur une carte météo en 3D. L'interrupteur ! Il lui revint en mémoire qu'il avait lui-même changé l'interrupteur du hall d'entrée de l'appartement, il y a quelques semaines, deux-trois semaines, peut-être un mois. Du fait de la déréalisation imposée par les Cyberins, il était devenu très difficile de se procurer des équipements de domotique. Il avait réussi à trouver sur le Supranet un vieux modèle de senseur, qu'il avait installé à la place de l'interrupteur défectueux, mais dont l'apparence dépareillait.

D'un bond il fut dans l'entrée. Un sourire radieux envahit son visage. Il tenait le System ! Il vérifia rapidement les autres interrupteurs de l'appartement. Tous étaient standard, identiques et celui du hall d'entrée strictement identique à tous les autres. Le System n'avait pas prévu ce tout petit détail : Pol est un bricoleur ! Le fait que l'interrupteur dépareillé ait disparu était la preuve incontestable qu'il n'était pas encore de retour dans la vraie réalité, mais qu'il était bel et bien dans une apparence de réalité fabriquée par le System. Il était ENCORE dans un monde virtuel.

Il devait, il allait en tirer les conséquences. Une idée fugace traversa son esprit : son viol. Il se dit que dans un monde virtuel, il pourrait bien rendre la monnaie de sa pièce au System et violer à son tour. Sauf qu'il ne s'en sentait guère capable. Franchir ce mur, de la civilisation à l'agression d'autrui, lui semblait chose impossible, lui répugnait même. Il décida de se venger sur les choses et alla dans la petite pièce de réserve où il entreposait ses quelques outils de bricoleur. Le System allait voir tout ce que peut faire un bricoleur, en plus de changer lui-même un interrupteur ! Il se saisit d'un gros marteau et commença, avec entrain, à saccager systématiquement l'appartement : ordinateurs, appareils ménagers, armoires, vitrines, mobilier, portes, Pol se déchaîna un long moment à coups redoublés pour casser un maximum de choses. Il alla jusqu'à faire des trous dans les cloisons intérieures. La salle de bains subit à son tour ses assauts guerriers : lavabo, miroirs, armoire de toilette, vitrages de la douche, robinetterie. Un jet d'eau s'éleva au-dessus de la baignoire, inondant le plafond et le mur. Il ferma la bonde, la baignoire finirait par déborder, inondant tout l'appartement et ceux du dessous. Puis, comme un cambrioleur déchaîné, il jeta le marteau et se mit à tout répandre sur le sol : les livres, le linge, vidant placards, tables de nuit et brisant toute la vaisselle dans la cuisine, renversant les tables.

Épuisé, Pol s'effondra sur le canapé du salon auquel il n'avait pas encore touché. Sa frénésie retombée, c'est la tristesse et les remords qui l'envahirent. La casse, toute symboliquement qu'elle soit, de leur appartement, la mise à sac de toutes les affaires intimes de sa famille, lui apparaissait tout à coup un terrible sacrilège. Il se dit qu'il aurait mieux fait d'aller violer sa voisine de palier. Puis il se ravisa. Le coup de bâton moral n'aurait pas été moindre. Il se dégoûtait lui-même et sentait poindre une nausée. Aussi, pour s'ébrouer, fuir son malaise, il se leva, saisit le marteau avec l'intention de détruire ce par quoi tout était arrivé. L'interrupteur du hall d'entrée s'émietta sous les coups redoublés de Pol, dans les grésillements de petites étincelles électriques. Abandonnant à nouveau le marteau de la grande destruction, il sortit, non sans tirer la porte derrière lui, pour tenter d'occulter le saccage dans son esprit lui-même.

Dans l'ascenseur il dut faire un effort pour ne pas s'effondrer, ne pas pleurer. C'est dans un état presque second qu'il fit le voyage retour vers le youpac. Les stations du tramway défilaient sans qu'il ne s'en rende vraiment compte. Pol était ailleurs, angoissé, à l'idée que, peut-être, il s'était trompé. Avait-il vraiment changé cet interrupteur ? Le monde autour de lui était-il vraiment « lisse » ? Et si tout était vrai et qu'il était simplement devenu fou ? Des sueurs froides lui inondaient le dos. Il était mal, envahi d'une angoisse coupable, comme s'il venait d'assassiner un enfant.

Il monta péniblement les escaliers monumentaux menant au UPAC, comme le condamné à mort montant sur l'échafaud. Il se sentait tellement perdu, englouti par son angoisse, qu'il remarqua à peine le clin d'œil au noir qui se produisit, juste à l'instant où il franchit le seuil du youpac. Tout ce qu'il perçut, à son grand étonnement, fut l'apparition, en lui, d'un dynamisme, d'une vitalité soudaine, qui lui permit de prendre le dessus, de faire bonne figure.

Une jeune femme en bleu, un peu ronde, s'avança vers lui rapidement en souriant. Il reconnut Alyssa.

— Pol ! Vous voilà enfin ! Toute votre petite famille vous attend !

— Ouais, j'ai eu envie de prendre l'air, fit Pol, faussement détaché.

— Venez, ils sont au restaurant.

Pol suivit passivement la jeune hôtesse du youpac, content de ne plus rien décider par lui-même. Ce soudain abandon à la volonté de l'autre calma son angoisse. Il avait l'impression que les choses redevenaient normales. Le saccage de l'appartement lui sembla plus lointain, comme dans un autre univers.

— Ça a été votre initiation ? demanda aimablement Alyssa, pendant qu'ils montaient au troisième étage.

Comme la réponse ne pouvait être que courte et qu'il n'avait pas, non plus, envie de s'épancher, Pol lui répondit en deux mots : « Parfait et extraordinaire ! », espérant mettre suffisamment de chaleur et d'enthousiasme dans son sourire et son regard.

– Bien ! Je suis vraiment contente pour vous. Ah ! Nous voilà arrivés.

L'ascenseur venait de s'arrêter dans un imperceptible bip. Pol céda obligeamment le passage à l'hôtesse. Il ne put s'empêcher de jeter un œil au postérieur de la jeune femme et une soudaine et surprenante pensée lui vint : « Dans un univers virtuel, il pouvait tout se permettre. Il aurait pu impunément s'amuser sexuellement dans l'ascenseur avec Alyssa. Il aurait simplement fallu qu'il le décide et le fasse. » Il n'eut pas le temps d'approfondir sa réflexion libertine, car déjà ils entraient dans le restaurant et déjà des « Papa ! Papa ! Papa ! » se précipitèrent dans ses bras. Malgré la confusion qu'il ressentait au fond de lui quant à la réalité (ou l'irréalité) de ce qu'il vivait, il décida de jouer le jeu, d'autant que l'élan de ses enfants avait quelque chose de très authentique et contagieux (« Jeevana aussi, était très authentique et contagieuse... », se dit-il encore).

Entraîné par ses enfants, il rejoignit le box que sa « petite famille » avait investi en l'attendant. Prya se leva, tout sourire et vint le prendre dans ses bras. Ils s'embrassèrent. La bouche de sa femme lui parut nouvelle, comme s'ils ne s'étaient pas vus depuis des années. Pol se sentait gêné et l'impression de déjà-vu ne faisait que renforcer ce malaise.

– Mon chéri, où étais-tu passé ? interrogea Prya en s'asseyant. « Viens près de moi. Les enfants ! Allez, calmez-vous et asseyez-vous en face. Nous allons commander à manger. Hein, Pol, où étais-tu ? » Et le ton de sa voix était enjoué.

– Vous m'attendiez depuis longtemps ?

– Oh, peut-être un quart d'heure, vingt minutes, fit Prya en jetant un coup d'œil à sa montre-bracelet.

– Bien, écoutez, commença Pol en s'adressant à tous, après toutes ces expériences en Partition Illimitée… Hé bien… J'ai eu envie de prendre l'air un peu. J'ai été faire un tour dans le quartier, histoire de reprendre contact avec le monde réel. Voilà tout ! Mais vous alors, comment cela s'est-il passé ?

– Moi, très bien, démarra Pyar. J'étais avec Blinit le lapin. Tu verrais papa, c'est un gros lapin bleu, il est grand comme ça, comme toi ! Au début il m'a fait un peu peur, mais après, après, il était très gentil et… Et… Il m'a tout expliqué les trucs de la couleur, de la musique et des trucs qu'on sent. Mais j'ai eu très mal, un petit peu… Quand je suis rentré dans… Dans un autre petit garçon. C'était un vilain petit garçon ! Il arrêtait pas de faire des bêtises. Moi, j'étais dedans, mais je pouvais pas l'arrêter. Voilà ! Et à la fin j'ai retrouvé Blinit et j'étais dans moi, comme maintenant.
On était dans un joli pays, y'avait plein d'autres enfants comme moi. Tous ils étaient gentils avec moi et on s'est bien amusé. On jouait à…

– À moi ! À moi ! Coupa Sybil qui bouillait d'impatience de raconter son aventure virtuelle.

Comme Pyar regardait sa sœur avec un air contrarié, sa mère intervint pour le calmer : « Pyar !

Pyar, mon chéri ! C'est bien. Tu pourras nous raconter la suite plus tard. Tu as parlé, maintenant c'est au tour de ta sœur de s'exprimer. D'accord ? » Le garçon acquiesça d'un hochement de tête, soudain curieux de savoir ce que sa sœur avait vécu.

— Vas-y Sybil, fit Pol. Comment était ton Operator pour toi ?

Cette question directe sur l'apparence de l'Operator sembla troubler un instant la jeune fille qui sourit un peu trop largement, en rougissant et qui retint son rire derrière ses mains.

— Vas-y Sybil, encouragea Pyar. C'était qui ?

— Je… C'est… Non, je peux pas le dire ! Pouffa encore Sybil.

— Ce n'est pas grave, fit son père, pour la rassurer. Raconte-nous ce que tu as envie de nous raconter. Allez ! Vas-y ! Tu en avais envie, non ? Ou on demande à ta mère ?

— Non, non, à moi. Elle se reprit. C'est bon, je le dis : j'étais avec Ikokuri…

— Ah ! Cria Pyar : elle est amoureuse ! C'est son amoureux !

— Mais arrête ! Et la fillette en colère leva la main sur son petit frère.

— Pyar ! Interpella sèchement sa mère. On t'a écouté sans t'interrompre, tu laisses ta sœur tranquille ! D'accord ? Tu te calmes ! Pyar fit semblant de bouder, mais il ne pouvait retenir un sourire d'excitation.

— Allez, Sybil, reprit doucement Pol. Qui est ce « Iko… » (il ne se souvenait plus) ?

– « Ikokuri ». C'est un personnage de Manga. Je l'adore, c'est vrai. Mais je suis pas amoureuse ! C'est qu'un Manga ! insista la jeune fille à l'adresse de son frère.

– Mais c'était comme un Manga ? Les dessins des Mangas c'est simple, je veux dire, pas comme les personnages réels. Tu me comprends ? demanda Pol.

– Oui, je sais. Mais là, ça faisait drôle : c'était comme le Ikokuri de l'anime, mais il était comme… Comme nous. Je sais pas comment dire. Il était à la fois comme le Manga et comme nous. Je sais pas comment dire…

– Ce n'est pas grave. Je crois voir ce que tu veux dire. Comme un dessin animé, mais en beaucoup plus… sophistiqué, plus élaboré… Mais, excuse-moi Sybil, il faudrait qu'on mange. Tout le monde a très faim, je suppose. Allons-y et pendant qu'on mangera tu pourras tout nous raconter. D'accord Sybil ? La fillette acquiesça de la tête et tous se levèrent pour se rendre à la rampe du self.

Pol se dit que cette interruption était la bienvenue, car sa fille paraissait partagée entre son enthousiasme pour raconter son expérience et une gêne, un trouble, sans doute en rapport avec certains aspects de cette expérience. Il lui fallait un peu de temps pour faire le tri entre ce qu'elle allait dire et ne pas dire. Il se dit que tous devaient en être plus ou moins là : faire le tri. Lui-même n'allait certainement pas parler de son viol. Dirait-il qu'il est passé en inwitness par le corps d'une femme ? Ce n'était pas certain. Il devrait mentir… Peut-être en parlerait-il à Prya, mais sans doute pas à ses enfants. C'était à la fois gênant et cela ne pourrait que les déstabiliser.

Il y avait peu de monde au self, vu l'heure tardive. Ils y passèrent rapidement, couvrant leurs plateaux de mets qui sentaient bon et qui avaient l'air vraiment savoureux. Pol eut le temps de regarder autour de lui, de tâter l'atmosphère. Il lui semblait que le « lisse » s'était à présent bien estompé. Les siens lui paraissaient vraiment authentiques. Prya s'avérait un peu différente, mais il n'aurait pas su dire en quoi. Sans doute encore un effet secondaire de l'initiation. Mais ses enfants se montraient tout à fait authentiques, comme dans la réalité. Même s'il devait persister dans l'hypothèse d'une virtualité singeant la réalité, alors le System s'était vraiment surpassé pour reproduire Pyar et Sybil.

De retour dans le box, chacun attablé devant son plateau-repas, la conversation et le récit de Sybil purent reprendre.

– Donc, j'y vais ?

– Vas-y ma grande !

– Donc, avec Ikokuri… Il m'a demandé où je voulais aller. J'ai dit : « la plage ». Alors on est passé par une porte et on s'est retrouvé sur une super plage ! Il fallait voir ça. C'était trop beau ! Le bleu du ciel, de la mer et le joli sable tout blanc et jaune. Et puis, sur les dunes y'avait plein de belles fleurs de toutes les couleurs. Ah ! C'était beau. Alors j'ai dit que je voulais me baigner et on a été dans l'eau tous les deux. Elle était bonne ! J'ai nagé et j'ai même était sous l'eau…

– C'est pas vrai, tu sais pas nager ! Coupa Pyar.

– Si ! Là je savais nager et puis je pouvais même respirer sous l'eau, comme un poisson, na !

— Et t'avais pas ton maillot de bain ! Et le garçonnet pouffa de rire, moqueur.

— Non ! Si ! J'avais gardé ma culotte !

— C'est même pas vrai, t'étais à poil avec Ikokuri !

— Tu commences à m'énerver, Pyar ! Ça te regarde pas comment j'étais habillée !

— Pyar ! Tu vas laisser ta sœur tranquille ou tu vas t'asseoir à l'écart, c'est compris ?! intervint fermement Prya.

— Sybil, reprit plus posément Pol, tu n'es pas obligée de dire les détails. Il n'y a que toi qui étais là-bas, aussi tu peux te sentir libre de ne pas tout dire ou de raconter les choses comme tu veux.

— Bon, d'accord, j'avais un maillot de bain…

Ce qui fit pouffer de rire son petit frère.

— Pyar, qu'est-ce que ta mère a dit ? Menaça Pol. Puis, il regarda sa fille avec un sourire encourageant.

— On s'est baigné, poursuivit la fillette. Après on a joué sur la plage… Et puis voilà. C'est tout. Sybil semblait tout à coup fermée, n'osant plus raconter ce qu'il lui était arrivé de crainte d'être moquée.

— Et toi papa ? demanda soudain son fils.

Pol réfléchit un instant. Il ressentait un certain malaise. Il n'avait pas envie de se déballer, n'y de mentir.

— Écoutez les enfants… Prya, tu nous diras ce que tu en penses après. Voilà, je m'excuse auprès de vous. Je n'avais pas du tout pensé que l'initiation à la Partition Illimitée était quelque chose de tout à fait personnel. Je pense que cela devrait rester entre nous et le System. On ne va plus en parler. En tout cas, je n'ai pas envie d'en parler. Je n'ai pas envie de vous mentir pour cacher des choses qui m'appartiennent à moi tout seul, qui ne regardent personne. Autant ne rien dire plutôt que de raconter n'importe quoi juste pour faire semblant qu'on parle de « notre » expérience. Voilà ma position : je ne dirais rien de mon expérience.

– Pour ma part, enchaîna Prya, je suis un peu d'accord avec votre père. Sauf que je ferai la différence entre les adultes et les enfants. Les adultes peuvent se débrouiller tout seul ou aller voir un psychologue, éventuellement, s'ils éprouvent des difficultés avec le System. Mais les enfants, je pense que c'est autre chose. C'est à leurs parents de les aider, de les écouter. Donc, je dirais que, vous les enfants, si vous voulez nous parler, je veux dire vraiment, en disant la vérité, à papa ou à maman, vous devez pouvoir le faire. Mais ce sera à part, pas devant tout le monde. Voilà comment je vois les choses. Sybil, Pyar, si ce que vous avez vécu ou ce que vous avez fait dans le System, si ça vous pose des questions, si vous ne vous sentez pas bien avec ça, vous pouvez en parler, à papa ou à maman. On vous écoutera et on vous aidera parce qu'on est vos parents et qu'on vous aime toujours. D'accord ? Pol ?

Prya était comme ça : elle ne parlait pas beaucoup, elle pouvait rester longtemps silencieuse, mais lorsque les mots sortaient de sa bouche c'était en phrases très cohérentes qui avaient un petit air de définitif. Pol regarda sa femme avec tendresse et assentiment.

– Je suis finalement d'accord avec votre mère. On n'en parle pas ensemble, pour se respecter les uns les autres. Mais si vous avez envie de vous confier, votre mère et moi on est là pour vous écouter. Je suis d'accord.

– C'est pas juste, ronchonna Sybil. On pourra pas savoir ce que vous avez fait, vous !

Pyar aussi faisait la tête. Le repas se terminait. Pol sentait qu'il devait quand même lâcher du lest. Pour des enfants les sentiments de justice et d'égalité sont primordiaux.

– Bon ! Vous avez raison. Comme les enfants nous ont dit un petit bout de leur expérience, moi je vais dire aussi un petit bout de la mienne. Comme ça on sera à égalité. OK ? Et puis, votre mère fera ce qu'elle veut. Mais d'abord, une question : est-ce que l'un ou l'autre, toi aussi Prya, est-ce que vous avez rencontré… nous, la famille, les autres quoi, dans la Partition Illimitée ? Parce que moi si !

Ses deux enfants le regardaient sans bien comprendre. Prya l'interrogea, étonnée.

– Parce que tu nous as vus dans la Partition Illimitée ? Comment ça ? En vrai ?

– Comme je vous vois maintenant, en vrai, comme tu dis. C'est pour ça que pour moi les retrouvailles de tout à l'heure… Ça m'a fait un peu drôle, parce que j'avais déjà fait les retrouvailles dans le System.

– Mais comment on était papa ?

– Comme vous êtes, comme tu es maintenant, comme ça, devant moi. Exactement pareil. Pol se tourna vers sa femme : « les petits sont venus se jeter dans mes bras, tout comme ils l'ont fait tout à l'heure en criant « Papa ! Papa ! » et toi… Si, il y avait une différence, ne m'en veut pas chérie : tu avais l'air particulièrement… heureuse. Désolé… »

— Ne soit pas désolé. Je suis trop inquiète pour notre famille pour être vraiment heureuse en ce moment.

— Tu pensais que c'était vraiment nous ? demanda Sybil.

— Sur le coup, oui. Déjà auparavant, je m'étais fait avoir par…

Pol se tut. Il ne pouvait commencer à entrer dans le détail de ses rapports avec l'Operator sous la forme de Jeevana. « Enfin, reprit-il, je savais que vous étiez des False Others, mais sur le coup l'illusion a été parfaite. Je m'y suis bien laissé prendre. »

— Moi, j'me souviens pas qu'on s'est vu dans la partition, commenta Pyar.

— C'est normal, lui expliqua sa sœur : ce n'était pas toi, c'était des personnages virtuels. C'est ça papa ?

— C'est ça ma fille. Des personnages virtuels, comme ton lapin bleu.

— Ah, ouais ! Mais c'est bien. Je voudrais un papa et une maman virtuels, comme ça je pourrais faire tout ce que je veux, ils diront jamais rien. Ce serait super !

— Ouais et moi je pourrais faire tout le temps des câlins avec mon papou, renchérit Sybil.

Pol et Prya se regardèrent un instant, partageant un petit sourire de connivence. Avoir des parents parfaits, le rêve de tout enfant.

— Pol, fit Prya, il se fait tard. J'aimerais bien rentrer à présent. J'ai envie de me reposer un peu. On y va ?

— On y va ! répondit Pol avec l'enthousiasme requis. Cependant, tout au fond de lui, l'angoisse refit surface, d'abord parce qu'ils allaient retourner à l'appartement et que ses doutes s'éveillèrent aussitôt. Et puis, un second « interrupteur » venait d'apparaître, une nouvelle anomalie : Sybil ne l'avait JAMAIS appelé « papou » ! C'est Jeevana, l'Operator qui avait tenté de l'appeler « papounet ».

Le retour au domicile fut pour Pol un enfer. Perdu dans ses pensées, assailli par ses angoisses, il se sentait dans une totale confusion. Dans le tramway, il profita de la proximité avec Sybil et du bruit ambiant pour lui demander pourquoi elle l'avait appelé « papou ».

– Comme ça. Ça ne te plaît pas ?

– C'est pas la question. C'est simplement que c'est la première fois. Tu ne m'as jamais appelé « papou ». C'est pour ça, je m'étonne. Pour toi « papou » c'est le diminutif de quelque chose ? Je veux dire c'est une abréviation, tu comprends ?

– Non, c'est une autre façon de dire « papa », mais en plus gentil. Tu veux plus que je t'appelle « papou » ?

– Si, si ça va, pas de problème, si ça te fait plaisir. Et Pol regarda par la fenêtre. Les choses étaient simples, c'est sans doute lui qui se faisait une montagne de rien.

Il se coupa du monde et fermant un moment les yeux, il tenta de récapituler sa situation. « Ce matin, j'étais dans la réalité. Je suis entré dans le youpac avec ma famille. Une fois basculé dans la Partition Illimitée, je me suis retrouvé dans le Home avec Jeevana, l'Operator, qui fait partie des False Others, un personnage virtuel. Après les tests d'harmonisation entre mon cerveau et le System, je suis entré en inwitness dans un univers où j'étais passivement dans le corps d'une jeune femme qui a subi un demi-viol par trois hommes brutaux. Puis, je ne sais trop comment, j'ai basculé dans un autre univers, avec un paysage paradisiaque et j'étais en activwitness dans mon propre corps.

« Là, j'ai retrouvé Jeevana (l'Operator) et, sur la fin, ma famille. Mais ils se sont avérés être des False Others. À un certain moment, j'ai franchi une porte cachée entre deux pins et je me suis retrouvé dans le youpac. Ma famille était là, encore en phase d'initiation. J'ai pensé, tout d'abord, que j'étais dans la vraie réalité, celle d'avant l'entrée dans le youpac. Mais j'ai commencé à voir l'apparence « lisse » de cet univers et là, deux hypothèses : 1) cet univers est lisse parce qu'il est virtuel, je ne suis pas encore de retour dans la vraie réalité ; 2) je suis dans la vraie réalité et le lisse est juste un effet secondaire de l'initiation qui devrait s'estomper (comme le marin qui titube sur le quai après de nombreuses semaines en mer au cours desquelles il s'est habitué à compenser les mouvements du bateau).

« Pour tester le System, je décide d'aller chez moi et là je constate que l'interrupteur du hall d'entrée, que j'avais remplacé par un modèle plus ancien, n'existe plus. À la place il y a un interrupteur standard. Si je ne suis pas fou, si j'ai bien remplacé cet interrupteur, alors c'est que le System a oublié ce détail et c'est la preuve que je suis toujours dans la Partition Illimitée. Mais je me décide à faire un test : je casse tout l'appartement. Deux hypothèses : 1) soit j'ai cassé l'appartement dans un univers virtuel et, dans ce cas, lorsque nous reviendrons chez nous, dans la vraie réalité, l'appartement sera intact (avec le vieil interrupteur) ; 2) soit j'ai cassé l'appartement dans la vraie réalité et cette histoire d'interrupteur ne tient pas debout et en arrivant chez nous ça va être un choc pour Prya et les enfants.

« Après avoir détruit l'appartement, je retourne au youpac où je retrouve ma femme et mes enfants (et Alyssa, l'hôtesse). Là, je me dis que je suis bien dans la vraie réalité, sauf que du « lisse » tend à persister (mais c'est peut-être encore un simple effet secondaire dans ma conscience) ; sauf que Sybil, ma propre fille, m'a appelé « papou » alors que dans la réalité elle ne m'a JAMAIS appelé « papou ». C'est Jeevana, l'Operator, qui s'est permis de m'appeler « papounet » lors de notre première rencontre dans le Home. Donc cela confirmerait que je ne suis toujours pas dans la réalité et que ma « petite famille », là dans le tramway, est des False Others. Sauf qu'il est possible que Sybil ait dit « papou » comme ça. Un truc qu'elle a dû inventer ou entendre quelque part. Après tout « papou », « papounet », ne sont pas des appellations si extraordinaires. Elles sont même très communes. Je serais alors dans la vraie réalité. Et dans ce cas, nous allons vers la catastrophe : un appartement complètement ravagé. »

D'autres hypothèses sont-elles envisageables ? Se demanda Pol. Mais le tramway venait d'arriver à bon port. Il lui fallait en descendre et suivre les siens jusque sur le lieu du probable sinistre. L'angoisse, un instant occultée sous le flot de ses méditations, ressurgit avec encore plus de force. Comment allait-il expliquer ce qu'il avait fait ? Il pouvait peut-être feindre la surprise. Tout le monde croirait que des cambrioleurs se sont introduits pour ravager l'appartement durant leur absence. Sauf qu'il avait refermé la porte d'entrée : elle n'était pas fracturée.

Ils pourraient aller dormir à l'hôtel en attendant l'intégration définitive dans le youpac… Ils pourraient s'enfuirent en Dordogne, ils habiteraient la maison du grand-père… Il se pourrait que rien de tout cela n'existe vraiment… Au fur et à mesure que montait l'ascenseur s'élevaient son angoisse et sa culpabilité. Comme il s'en voulait à présent. Il aurait pu tester le System d'une façon plus anodine, juste casser une petite chose. Pourquoi avait-il tout ravagé ? Il ne le savait pas avec précision. Il n'avait plus que de vagues idées. Il avait voulu une transformation d'ampleur, comme reprendre la main sur le System, sur le maître des illusions. La destruction se devait d'être à la mesure de la chose qui avait envahi sa vie, qui avait trituré son univers. Il avait eu la rage contre le System et maintenant… Devait-il le regretter ?

Il entendait de très loin ses deux enfants, dans la cabine de l'ascenseur, en train de se chamailler bruyamment. Il regarda Prya et lui sourit gauchement.

– Quelque chose ne va pas, mon chéri ? s'inquiéta-t-elle.

– Ça va, ne t'en fais pas, juste un contrecoup de l'initiation. Je me sens un peu bizarre, c'est tout. Ça va passer, ça va aller…

L'ascenseur bipa, ils étaient arrivés. Pyar et Sybil se disputaient toujours pour savoir qui entrerait le premier dans l'appartement. Pol trouva judicieux de reprendre la main, à la fois sur ses enfants et sur lui-même par la même occasion.

— Ça suffit !

Le ton avait été suffisamment sec et intense pour que les deux enfants, surpris, deviennent tout à coup attentifs.

— Vous arrêtez de vous comporter comme deux gamins idiots. Vous devez réfléchir à votre expérience dans le youpac. Est-ce que c'est ça que vous voulez pour votre avenir ? Est-ce qu'on part tous en Dordogne ou non ? C'est sérieux ! Vous devez réfléchir à tout ça au lieu de vous disputer comme des petits. C'est bien compris ?

Sybil et Pyar baissèrent la tête, embarrassés. Pol croisa un instant le regard de sa femme. Son demi-sourire admiratif lui montra qu'elle approuvait cette intervention forte. « On décide que c'est votre maman qui aura l'honneur d'ouvrir l'appartement. Après tout, c'est elle qui y bosse le plus. Vas-y chéri. »

— Merci mon amour, fit Prya en accentuant le trait. Et elle alla ouvrir la porte de leur appartement…

Le hall d'entrée n'aurait pas dû être sombre.

Prya n'aurait pas dû pouvoir actionner l'interrupteur.

Le hall d'entrée n'aurait pas dû s'illuminer.

Prya et les enfants, une fois entrés, n'auraient pas dû rester sans réaction.

Les épaules crispées de Pol s'affaissèrent, sa bouche s'entrouvrit et il respira pour la première fois depuis bien longtemps. Il entra en dernier. Refermant la porte derrière lui, il jeta un œil à l'interrupteur : c'était le bon vieil interrupteur qu'il avait installé quelques semaines auparavant et qu'il avait fracassé il y a moins de quatre heures ! L'appartement était entièrement intact. Il était exactement comme ils l'avaient laissé le matin même, en partant pour le youpac. Pol était à la fois immensément soulagé et incommensurablement confus. Il ne savait plus, littéralement, OÙ il était ! OÙ il en était ! Virtualité, réalité, irréalité, Home, Partition Illimitée... Il se sentait complètement perdu.

Il se rendit dans la salle de bains, referma la porte, tournant le verrou et s'écroula au pied de cette porte comme un vieux vêtement tombé du portemanteau. Il fixa d'abord son regard sur cette salle de bains, se rappelant soudain celle de... Cette jeune femme, si belle, dans le corps de laquelle il s'était retrouvé, en inwitness... Les coups, le viol, la souffrance et le plaisir... Il y avait un quelque chose de lisse, encore, dans cette salle de bains, celle de son appartement, dans laquelle il se trouvait à présent. Sybil l'avait appelé « papou »... Il avait mis à sac l'appartement... Il était retourné au youpac... Et c'est là que... la toute petite chose refit surface à sa mémoire : ce clignement d'yeux, juste au moment où il avait franchi le seuil du youpac. Ce très rapide passage au noir, comme une lampe qui s'éteint brièvement, microcoupure d'électricité lors d'un orage. Il en était à présent quasi certain : il avait franchi une porte cachée. Cela voulait dire qu'à la sortie (enfin, de ce qu'il avait cru être la sortie) de la Partition Illimitée, de l'initiation, il n'était pas du tout sorti ! Il n'avait fait que passer de l'univers virtuel de l'initiation à un autre univers virtuel ressemblant presque parfaitement à la réalité. Il avait détruit l'appartement dans cet univers. Puis, il avait, au retour dans le youpac, rebasculé dans un autre univers virtuel où l'attendaient sa « petite famille » et où l'appartement était intact, ressemblant en tous points à l'appartement de la réalité, la vraie réalité, qu'ils avaient quittée le matin même. La conclusion s'imposa douloureusement, mais inexorablement à lui : son corps réel était TOUJOURS dans le youpac ! Toute sa VRAIE famille était TOUJOURS dans le youpac !

Des petits coups résonnèrent dans son dos. « Ça va papa ? J'aurais besoin de la salle de bains ! T'en as pour longtemps ? » C'était Sybil.

– Deux minutes, ma chérie ! S'entendit-il dire. Il parlait à un être virtuel, aussi naturellement que… Que quoi ? Il n'en savait plus rien. Il alla se rafraîchir à deux mains le visage à l'eau du lavabo, tentant d'éclaircir ses idées par la même occasion. Eau virtuelle, visage virtuel, corps virtuel, Sybil virtuelle, Prya virtuelle, Pyar virtuel et Pol… Virtuel ! Cela le fit doucement rigoler. Il valait mieux en rire, effectivement. À quoi bon lutter ? Il ne faisait pas partie des vingt pour cent d'humains en capacité de résister au System, de s'en extraire au cours de l'initiation et de rejoindre la réalité, la vraie ! Non, il devait se rendre à l'évidence qu'il était bien trop fasciné par les univers virtuels pour pouvoir leur résister. Il était bien pris au piège de la Partition Illimitée et le visage grimaçant un sourire dans le miroir au-dessus du lavabo savait déjà qu'il ne pourrait plus jamais en sortir.

La fin de l'après-midi et la soirée se déroulèrent naturellement, chacun reprenant ses occupations habituelles. Prya (la virtuelle) téléphona à quelques amies (virtuelles) pour raconter (virtuellement et partiellement) son expérience virtuelle, puis elle alla préparer le repas du soir. Sybil passa un long moment dans la salle de bains à rêvasser, allongée dans l'eau chaude, puis elle passa du temps dans un morpig. Pyar alla directement dans son morpig préféré, puis il fallut se fâcher un peu pour l'en faire sortir et aller faire sa toilette. Pol, lui, observait et s'étonnait. Depuis son entrée en virtualité, c'était la première fois qu'il pouvait éviter les émotions fortes et bouleversantes et commencer à réfléchir. Il était en admiration devant la précision de cet univers. Le « lisse » finit par disparaître totalement. Il se sentait en harmonie, de sorte que le monde autour de lui avait gagné en intensité et méticulosité. Il regardait, scrutait, fasciné, les moindres microscopiques détails d'un objet, d'une plante, de ses mains. Tout lui semblait marqué d'une profonde perfection, chaque atome, chaque molécule étaient exactement à leur place, chaque mouvement suivait une trajectoire calculée, chaque nuance des couleurs semblait posséder son code, sa formule ultra précise, chaque son était pur comme un cristal et chaque silence était une vraie absence de son. Il n'avait jamais perçu les odeurs avec autant d'acuité et, surtout, à chaque inspiration les odeurs persistaient agréablement, donnant envie d'inspirer encore et encore. Libéré de ses tourments, de ses angoisses, culpabilité et scrupules, Pol commença, vraiment, à se sentir bien, apaisé, heureux ! Son Body lui parut étrangement… confortable ! Il était chaud et détendu, comme dans une relaxation profonde, avec un petit sourire intérieur de Bouddha.

Pol alla embrasser sa femme, oubliant un instant la virtualité, le False Other, prenant les phénomènes pour ce qu'ils sont.

— Veux-tu un coup de main chérie ?

— Ça ira, mon amour, tout est en route, vers dix-neuf heures trente je vous appelle, ce sera prêt.

Pol la serra un instant dans ses bras, accueillant, comme ça, avec simplicité, ce sentiment d'amour pour Prya, mâtiné d'une pointe d'excitation sexuelle. Puis, il la laissa et se rendit dans son bureau, dans son fauteuil, sous son casque de visualisation, mains échotroniques.

Il alla sur le Supranet… virtuel ! Rêver que l'on rêve, quelle étrangeté ! Combien de temps l'expérience virtuelle pouvait-elle durer ? Se dit-il. Est-ce qu'à un moment donné, le System allait lui faire franchir une hidden door ? Le ramener dans la vraie réalité ? Il fallait bien que son corps réel se sustente pour que son cerveau puisse fonctionner en alternance dans la Partition Illimitée. Et quand allait-il en sortir ? Il interrogea le Supranet pour se rappeler ce qu'il en est du temps, de la temporalité dans les univers virtuels.

Cela disait que le temps virtuel n'est pas égal au temps réel et qu'il existe un rapport fluctuant et évolutif entre les deux temps. Le rapport temps virtuel/temps réel se dit comme une unité de mesure, le *virtual time* (vt) qui représente un nombre donné d'unités de temps virtuel pour une unité de temps réel, par exemple : 3 vt signifie qu'en une heure de temps réel (donc passé dans un youpac) on vit trois heures de temps virtuel (donc dans la Partition Illimitée). Il y a donc, dans cet exemple, une accélération triple du temps comme dans les rêves. Pol découvrit que les débutants humains les moins doués fonctionnent à 0,25 vt (il leur faut une heure de youpac pour vivre seulement un quart d'heure de virtualité). Puis, les gens passent rapidement à 1 vt (une heure pour une heure). Ensuite, il y a une croissance vers 3, 5, puis 10 ou 50 vt. Cinquante *virtual time*, cela signifie bien qu'en une heure passée dans l'Œuf, on vit plus de deux journées de monde virtuel !

Cependant, un article de source inconnue, précisait que si les meilleurs humains parviennent à approcher les 1 Kvt (1 kilo vt, soit 1000 vt), l'Humanité n'arrive pas à la cheville des cyberins qui peuvent expérimenter entre 25 et 30 Kvt : en 1 an (année terrestre) de virtualité ils vivent 25 000 ans d'existence virtuelle ! D'autres informations faisant état d'une vie végétative de cinq cents années terrestres pour un Cyberin, cela ferait ainsi cinq cents fois vingt-cinq mille ans, soit plus de douze millions d'années d'existence, une éternité ! Pol décida d'oublier le temps. Cela n'avait plus aucun sens en Partition Illimitée. Il en était réduit à vivre juste l'instant présent et lâcher prise aux perspectives du souvenir comme du futur. *Carpe Diem*, lui avait dit Jeevana.

Il se surprit à repenser à la fillette comme à une véritable enfant, alors qu'elle n'était qu'une apparence de l'Operator. Mais Sybil aussi, Pyar, Prya, tous n'étaient plus, désormais que des apparences produites par le System. Tous étaient au même niveau d'existence que Jeevana. Et, lui-même, n'était finalement, qu'une apparence.

Le repas se déroula dans le calme et la sérénité. On évita, comme convenu, de parler de l'initiation à la virtualité. Les conversations s'orientèrent alors sur la maison du grand-père en Dordogne. Et même si, pour Pol, tout cela n'avait plus aucun sens, il y participa comme si cela avait été un amusement. Il s'ingéniait à poser des questions difficiles, juste pour voir comment le System allait s'en sortir via ses Falses Others. Comment allaient-ils survivre ? Comment allaient-ils se nourrir ? Comment se procurer de l'électricité, de l'eau ? Comment se chauffer ? Comment échapper aux patrouilles *Cyberpass* à la recherche de fugitifs ? Qu'allaient devenir les enfants, sans instruction ? S'ils tombaient malades, comment allaient-ils se soigner ? Et, dans des sortes de dialogues surréalistes, les différents personnages s'efforçaient d'apporter des réponses plus ou moins plausibles.

Pol se moquait bien des réponses. D'une part, il savourait l'expérience d'observer des False Others aussi réalistes et, d'autre part, c'est le repas qu'il savourait aussi, car il n'avait que rarement apprécié les goûts et les odeurs comme cette soirée-là. Il félicitait sa femme presque à chaque bouchée et, en retour, Prya lui souriait tendrement. Toute l'expérience lui parut extrêmement positive, dans une sorte de flux, de grand fleuve existentiel de la béatitude, traversé de tourbillons euphoriques.

Après le repas, une fois le lave-vaisselle rempli, les enfants allèrent se coucher, gentiment, ce qui était très différent de ses vrais enfants ! Pol se dit qu'il commençait à bien aimer un univers aussi paisible, où tout était tranquille et policé, pas une chamaillerie, pas une tension dans l'air, pas un mot de travers, pas un regard contondant, que de l'harmonie. *Peace and love* ! « On doit bien finir par s'ennuyer dans un tel univers », se dit Pol. Il savait qu'à un moment ou à un autre il faudrait du piment, de l'excitation, de la souffrance.

En attendant, il vivait le plaisir exquis de tenir entre ses bras son épouse. Bien qu'il se sache en présence d'un personnage virtuel, il se dit qu'étant lui-même virtuel, ils étaient à égalité. Comme le lui avait expliqué l'Operator/Jeevana, l'important était à présent de vivre des expériences. Il ne voulait pas être comme un rêveur qui remettrait en question une belle expérience onirique au prétexte que ce n'est qu'un rêve. Personne n'allait renoncer à une relation sexuelle onirique, par exemple. Il n'allait pas renoncer à tout ce qu'il vivait en ce moment dans la virtualité, simplement parce qu'il ne s'agissait que de virtualité. Peu importe l'ersatz, pourvu qu'on ait le plaisir.

Vêtue de sa seule petite culotte, qui découvrait largement ses fesses, Prya était à plat ventre sur le lit ouvert et semblait l'attendre. Pol se déshabilla à son tour, enfilant ensuite son bermuda de nuit. Il ne fallait pas se donner l'impression qu'une relation sexuelle était « programmée ». Elle devait garder un caractère spontané ; ce devait être une « surprise ». Il s'allongea près d'elle et commença à lui frotter doucement le dos. Prya ferma les yeux, goûtant avec plaisir la caresse. Pol avait envie de lui donner ce plaisir. Il se sentait bien. Ses pensées étaient comme éclairées de l'intérieur.

Repensant au « piment » nécessaire, à la question de l'ennui, il lui vint subitement à la conscience que, de fait, tout le reste avait été aussi virtuel. Ses angoisses, sa colère, sa rage, sa honte, sa tristesse, son abattement, toutes ces émotions négatives, ressenties à la sortie de l'initiation, tout cela avait été, aussi, une expérience virtuelle. Il pressentait à présent comment les choses allaient se passer. Il songea à nouveau au viol, à son viol. Il y aurait, comme cela, de l'alternance entre négatif et positif, noir et blanc. Il le fallait, car les émotions et les sentiments ne vivent que de leur contraste, de leur opposition. Quelle serait la prochaine expérience négative ? Il n'osa pas y songer, de peur que ses pensées ne soient réalisées par le System. Il se dit aussi que peu d'êtres humains aspireraient naturellement, d'eux-mêmes, à des expériences négatives et qu'il y avait de grandes chances pour que ce soit le System, lui-même, qui décide en la matière. La Partition Illimitée allait sans doute ressembler à un jeu vidéo : vivre les expériences négatives, puis chercher à les éviter, les contourner, les renverser et lutter pour atteindre les expériences positives. Dans le lit, Prya se tourna vers lui, lui caressant doucement la poitrine. Elle lui chuchota à l'oreille.

— Tu crois qu'on peut parler de notre initiation entre nous deux seulement ?

— Oui, mon amour, pourquoi pas.

Pol sentait que cela lui ferait du bien de se raconter, en toute vérité. Il n'avait plus rien à craindre désormais, depuis qu'il se savait parler à un être virtuel. Qu'elle prenne bien, ou mal, ce qu'il lui raconterait de son initiation, n'avait strictement aucune importance. Ce qui était important était l'expérience qu'il allait vivre : se raconter. Parallèlement, il se sentait curieux de ce que le System allait lui dire de l'expérience de Prya elle-même.

— Tu commences ? Je commence ?

— C'est comme tu veux, répondit Prya.

— Alors, à toi l'honneur.

Concernant les modalités sensorielles, le récit que Prya lui murmura était assez similaire à ce qu'il avait vécu lui-même. Comme il s'y attendait un peu, là où l'expérience différait, était le passage en inwitness. Après la phase d'ignition initiale, pour Prya cela avait été une expérience tranquille et euphorique. Elle était entrée dans la peau d'une jeune femme sportive, athlétique et en mouvement. Un peu tout le contraire de sa Prya, qui était plutôt une personne relativement immobile, peu portée sur l'activité physique et les grands efforts. Cette femme s'était mise à courir, une sorte d'entraînement marathonien, en suivant un long chemin de terre qui l'entraîna par monts et par vaux, au milieu de paysages fantastiques et d'une beauté à couper le souffle. Et, précisément, c'est le souffle de cette femme, dans le corps de laquelle elle était hébergée, dont elle se souvenait avec le plus de précision, car ce souffle, cette merveilleuse respiration, si ample, si puissante, l'avait guidé vers une sorte d'extase psychique. Prya faisant le parallèle entre ce souffle, qui entre et qui sort des poumons partagés avec cette femme, et les va-et-vient du sexe d'un homme dans son vagin. C'était comme si ses poumons étaient devenus son vagin et l'air était un pénis en érection, emplissant ses bronches d'une infinie volupté.

L'expérience en inwitness se termina pour Prya par le plongeon vertigineux de son hôtesse virtuelle, du haut d'une falaise immense, vers un océan sombre, aux écumes griffues. Elle eut peur, mais resta confiante, comme le passager arrière d'une moto qui s'accroche avec plaisir au ventre du pilote. Bras et jambes écartées, elle chuta rapidement dans l'air salé qui sifflait à ses oreilles. Travelling au zoom sur l'océan, gifle des embruns, précipitation des vagues, crash-test au ralenti contre le mur liquide, passage au noir…

Pol reconnut ensuite le basculement en activwitness. Prya se retrouva dans son propre corps, recroquevillée au pied d'une tour, comme si la falaise d'où elle avait chuté s'était enroulée sur elle-même. Il n'y avait plus d'océan, mais une forêt profonde. Il n'y avait plus de falaise, mais un château, dont la tour était l'avant-garde. Une porte s'ouvrit au bas de cette tour et un adolescent en sortit.

– Pol ? Tu dors ?

– Certainement pas ! Je n'ai pas sommeil. Je t'écoute. Après ? Cet adolescent, je parie que c'est l'Operator. Le System m'a fait le même coup avec une petite Indienne d'une douzaine d'années.

– Oui, c'était l'Operator. Dans le Home c'était une magnifique jeune femme très… sensuelle et attirante. Si j'avais été lesbienne… Mais le garçon lui… Je ne t'ai pas dit pour la météo…

– Quoi la météo ?

Prya eut un petit rire gêné.

– En fait, il faisait particulièrement beau et chaud, au pied de cette tour et… J'étais entièrement nue. Quand je suis revenue dans mon corps, en « activwitness », c'est ça ?

– C'est ça, oui.

– J'étais entièrement nue et… glabre ? On dit glabre ? À part la tête, j'avais encore mes cheveux, mais pour le reste plus rien, notamment en bas, un vrai sexe de fillette, quoi ! Donc, tu comprends que… Le garçon, l'Operator, c'était pareil. Il avait l'air d'avoir treize ou quatorze ans, mais il était aussi entièrement nu et glabre. Ce qui lui allait mieux qu'à moi, compte tenu de son âge. Et…

— Et ? J'attends la suite. C'est chaud ? C'est ça ?

Prya rit à nouveau nerveusement.

— Comme tu dis, ce fut « chaud », torride même ! Le fait de me retrouver dans cet état devant lui… Au début, ça m'a gênée un peu. Mais on a commencé à parler. Il m'a dit s'appeler « Jafar » et être une émanation de l'Operator. Mais il était beau ! Il y avait en lui quelque chose de resplendissant, de lumineux. Il avait des traits particulièrement fins, une peau parfaite, hâlée, des yeux noirs, profonds… Parfois je ne voyais que ses yeux. Et son sourire ! Quand il me souriait, ça me remplissait de bonheur, j'avais l'impression d'entrer dans une sorte d'extase. C'était un petit Dieu vivant et… Et, alors, on a rapidement commencé à faire des câlins tous les deux.

— Ah ! Ah ! Ça devient intéressant !

— Te fout pas de moi, fit Prya en lui frappant la poitrine gentiment. Ah ! Mais c'est lui qui a commencé. Mais je ne l'ai pas repoussé, je l'avoue. Je ne pouvais pas, il était trop adorable. Je pense à Pyar… Pyar à côté… D'abord il est trop petit, il n'a que sept ans et il ne tient pas en place, même si je lui fais un câlin. Alors que ce Jafar, c'était un garçon, un ado, d'un calme « olympien », comme on dit, avec une parfaite maîtrise de ses gestes, de ses mouvements. On est restés très longtemps enlacés, complètement immobiles et comme fusionnés. Mais ce n'était qu'un début. Là encore, c'est lui qui, à un certain moment, s'est comme réveillé, animé et ses mains ont commencé à me caresser... Enfin... Je ne vais pas entrer dans les détails...

— Si ! Si ! Des détails ! Des détails ! scanda Pol, enjoué.

— Non, monsieur. Juste qu'il s'est livré sur moi à des caresses intimes qui ont fait qu'à la fin, on a fait l'amour. Voilà. Mais, là encore, ce fut quelque chose de fabuleux. Au départ, son sexe n'était pas bien... développé. Enfin, un sexe normal, d'un gosse de treize ans. Même en érection, une petite chose, quoi. Mais une fois qu'il... que... on était en train de faire la chose... Hé bien, SA « chose » justement, s'est mise à bien grossir. Ça m'envahissait ! Et nos bouches et nos corps, comme reliés par des ondes, des courants électriques, en quelque sorte. Là encore ce fut un truc extatique complètement dément. Une jouissance ! Je te dis pas...

— Ne me dis surtout pas ! Et Pol et Prya se serrèrent dans les bras l'un de l'autre, riant chacun dans le cou de l'autre, partageant une complicité inédite entre eux.

— Et toi, Pol chéri ? Tu me parlais d'une « petite Indienne de douze ans », je crois ?

Pol se raconta. De l'outwitness, de l'inwitness, de l'activwitness, il décida de tout dire. Il considéra Prya pour ce qu'elle était (et ce qu'elle n'était pas). Elle n'était qu'un False Other, en Partition Illimitée, car à présent, il ne pouvait plus reconnaître en cette Prya la Prya réelle. Elle était par trop différente. Ou alors, il fallait croire que l'initiation l'avait profondément changée. Mais non, elle n'était bien qu'une virtualité, une émanation du System, au même titre que n'importe quel personnage incarné par l'Operator.

De là, il se dit qu'il lui fallait considérer le System comme un genre de psychothérapeute. Il était possible de vivre, dans les univers virtuels, à la fois des expériences, qu'elles soient bénéfiques ou traumatisantes, mais aussi de se réparer, d'avancer, de réfléchir sur soi, de comprendre des choses et, en cet instant, il avait l'impression de comprendre beaucoup de choses.

Ce qui l'impressionna le plus fut de se rendre compte de toute l'omnipossibilité, de toute l'omnipotentialité, de la Partition Illimitée. Jusqu'à présent, il avait vu les mondes virtuels un peu comme des *Disneylands* cybernétiques, des lieux de plaisir où l'on s'éclate sans trop réfléchir. Ce que proposaient les Cyberins à l'Humanité était bien plus conséquent. C'était le paradis, plus, une psychanalyse. Des plaisirs (et des souffrances, il convenait bien, à présent, de leur nécessité), mais aussi des prises de conscience, des outils pour grandir intérieurement. Une sorte de vaste psychothérapie mêlant analyses intellectuelles et exercices pratiques grandeur nature.

Prya avait fini par s'endormir dans ses bras. Pol n'avait pas sommeil. Il se sentait excité comme un enfant un soir de Noël, imaginant ce qu'il allait trouver le lendemain matin sous son sapin. Doucement, il se glissa des bras de sa femme (un bien grand mot !), des draps et de la chambre, pour se rendre au salon. La pièce était sombre, mais de la lumière tamisée filtrait des volets roulants en persiennes et des diverses diodes témoins de l'électronique ambiante. Et, là, il vit un petit corps dénudé, replié sur lui-même, à l'angle du canapé. C'était Sybil.

– C'est papou, fit-il en murmurant, pour ne pas effrayer l'enfant.

– Papou ?

Pol s'accroupit devant elle, lui prenant les mains. Il avait envie de jouer le jeu. Il avait compris le truc, le System. Il n'allait plus se poser de questions sur le statut de l'autre : vrai, faux, Operator, ou quoi que cela soit. L'autre était avant tout une bonne expérience à prendre, un rapport à instaurer, une aventure à vivre, une occasion de jouissance et d'assouvissement des désirs. Dans le monde réel, c'est ce qu'il était aussi, d'une certaine façon, sauf que, dans la réalité, il y avait toujours des règles à respecter, des tabous, des entraves à la liberté, des barrières à renverser. Cela nourrissait, bien entendu, le désir, mais cela pouvait aussi empêcher sa satisfaction ou sa plénitude, au final. Dans la réalité, l'autre était aussi souvent une entrave de par son altérité même, qui le différenciait trop du soi, qui pouvait le rendre imbuvable, fleur empoisonnée. Alors qu'ici, en virtualité, l'autre pouvait être essentiellement satisfaisant pour le soi, toujours dans une merveilleuse harmonie, toujours ouvert à ses désirs. Pol s'assit auprès de celle qu'il décida de considérer comme sa propre fille, Sybil, et il la prit dans ses bras, la serrant contre lui.

– Toi aussi, tu n'as pas sommeil ?

– Ouich.

– Tu pleures, mon enfant chérie ? Qu'est-ce qu'il t'arrive ? Il caressa son visage humide. Posant de délicats baisers sur son front, ses yeux et le bout de son nez. La fillette se blottit encore davantage, s'agrippant, comme un petit singe, à la poitrine de son père.

– On est pris au piège mon papou... On est dedans... On pourra plus aller en Dordogne... On pourra plus se voir... Et l'enfant se mit à pleurer abondamment.

Pol était à nouveau subjugué : mais qu'est-ce que le System allait bien pouvoir lui faire vivre encore ? Était-il possible que Sybil soit un True Other ? Qu'il puisse communiquer réellement avec l'esprit de sa fille, sa Sybil, la vraie ?! Cela signifiait-il qu'ils pouvaient se rencontrer, d'une certaine façon, via le System, comme on communique par téléphone ou par Skype ? C'était une représentation de Sybil à distance, mais plus qu'une vidéo, c'était un genre de reconstruction en 3D. Quelque part, la vraie Sybil, son corps (tout comme son propre corps à lui) était dans le youpac, sur le fauteuil d'initiation ou dans un Œuf (sans doute déjà dans un Œuf) et son esprit était dans le System et leurs deux esprits pouvaient alors se rejoindre dans la Partition Illimitée, en partageant le même univers, en occupant des Body-Skin ressemblant (ou pas) et en faisant se rencontrer ces Body-Skin.

Il serra sa fille plus fortement contre lui, pour la soutenir, lui dire qu'il l'aimait. « Ne t'en fais pas mon amour », lui chuchota-t-il, « tu es avec moi, on s'est retrouvé. Ce ne sont pas nos vrais corps, mais ce sont nos vrais esprits qui communiquent. Regarde-moi, ma chérie ».

Le visage de la petite se leva vers le sien et il discerna comme de minuscules étoiles qui dansaient dans ses yeux. Et, même dans la pénombre, il reconnut l'âme de sa fille dans ce regard. Il vit qu'elle le regardait et elle vit qu'il la regardait. Et par ses deux regards croisés, leurs deux esprits s'épousèrent en un éternel instant. La fusion envahit Pol, lui explosa à la conscience, les étoiles de larmes étaient désormais dans ses yeux, à lui aussi. Tout était là, il n'avait jamais vécu un tel rapprochement avec l'autre, comme si les pensées de sa fille se mêlaient aux siennes. L'expérience était plus que les épousailles des corps, plus qu'un acte sexuel, c'était cela, c'était l'AMOUR ! Il en était convaincu. Une sorte de satori du cœur, un orgasme psychique, bref et d'une extrême intensité. Car cela ne dura pas.

Il vit sa Sybil et elle vit son papou. Ils étaient à nouveau ensemble, mais séparés. Pol s'allongea lentement sur le canapé, sur le dos, entraînant Sybil qui se mit à plat ventre sur lui, posant sa joue sur la peau, la poitrine de son père, écoutant sa respiration et battre son cœur. Pol tapota un instant les petites fesses en culotte. Il posa naturellement ses mains sur la peau de Sybil, sur son dos qu'il frotta doucement en une lente caresse. Elle s'agrippa encore à lui. Il rabattit le plaid du canapé, les recouvrant tous les deux. Il serra fort sa fille dans ses bras. Ils étaient enfouis au fond de la grotte textile. Ils y respiraient à l'aise, car il avait appris, qu'ici, on peut même respirer sous l'eau. Elle remonta son visage vers le sien et ils se firent réciproquement des papouilles, des lèvres dans le cou, ce qui la fit rire, chatouilleuse. Il sentait sa peau, nue, contre la sienne, nue, et il en éprouvait une indicible jouissance. Il était dans un parfait bonheur, où se conjuguent l'extase de l'esprit et la paix du cœur. Ils étaient comme dans une symbiose dermique, une « siamoissisation », leurs corps cherchant voluptueusement, tendrement, à retrouver ce que leurs esprits avaient perdu…

À PROPOS DE L'AUTEUR

Fille d'un diplomate coréen et d'une danseuse de ballet d'origine russe, Anna Coreisan, après le divorce de ses parents, a longtemps vécu en France, où elle a étudié les lettres modernes, la philosophie orientale et l'anthropologie. S'essayant à différentes formes d'expression artistique, Anna Coreisan a fini par trouver sa voie dans l'écriture.

Autres ouvrages aux Éditions Nègrefont
editionsnegrefont.fr

Tais-toi la grosse, témoignage, par Madeleine Covas.
Mélanges, poésies, Alice Mei Lan.
Poésies futiles, poésies, Alice Mei Lan.
Les gilets jaunes, poésies, Alice Mei Lan & Tugdual.
Poésies amoureuses, poésies, Alice Mei Lan.
Danse avec la vie 1, poésies, Alice Mei Lan.
Danse avec la vie 2, poésies, Alice Mei Lan.
Éclosions poétiques, poésies, Alice Mei Lan.
Poèmes forcés et inspirés…, poésies, par Alice Mei Lan
Le ciel veut s'asseoir, poésies, par Alice Mei Lan.
Murmures I, poésies de la nature, par Alice Mei Lan.
Murmures II, poésies, par Alice Mei Lan.
Histoires de mon père, fiction, par Jean Galan.
Poèmes courts, poésies, par Alice Mei Lan.
Académiques barbares, roman, par Alice Mei Lan.
Parfums de poésie, poésies, par Alice Mei Lan.
Un TGV nommé amour, poésies, par Alice Mei Lan.
Le tiroir des poésies… qui racontent une histoire, poésies, par Alice Mei Lan.
Les petites filles de bonne famille, roman, par la conteuse de Ségur.
Childbot mon amour, nouvelles de science-fiction, par Anna Coreisan.
Bissard : Alors là, c'est un film…, guide du cinéma, par Edwige Bissard.

Textures I, photographies, par Éric Loonis.

Exercices et jeux pour les ateliers thérapeutiques, manuel, par Éric Loonis.

Ateliers thérapeutiques pour enfants psychotiques, manuel, par Éric Loonis.

Construire un guide d'évaluation, manuel, par Éric Loonis.

Structures et fonctions des fantaisies sexuelles, psychologie, par Éric Loonis.

Criminalité et délinquance sexuelles, psychologie, par Éric Loonis.

Théorie générale de l'addiction, psychologie, par Éric Loonis.

La gestion hédonique, psychologie, par Éric Loonis.

Notre cerveau et le plaisir, psychologie, par Éric Loonis.

L'imaginaire familial, psychologie, par Éric Loonis.

Stats pour les nuls – Nouvelle version 2019, statistiques en sciences humaines, par Éric Loonis.

Stats pour les nuls – 2019 Monochrome, statistiques en sciences humaines, par Éric Loonis.

Promenades métaphysiques, philosophie, par Éric Loonis.

800.000 ans dans le futur, science-fiction, par Pierre-Xavier Delasource, adapté d'Herbert George Wells.

Le manuscrit d'Uffuaxum, inclassable, par Anonyme, édité par Pierre-Xavier Delasource.

The Uffuaxum Manuscript, inclassable, par Anonymous, edited by Pierre-Xavier Delasource.

Ce à quoi tout homme pense s'il ne pense pas au sexe, inclassable, par Pierre-Xavier Delasource.

Ce à quoi toute femme pense si elle ne pense pas à l'amour, inclassable, par Pierre-Xavier Delasource.

Changer d'univers : Méditation, physique quantique et hypermatrice informationnelle, spiritualité, par le Lama Darjeeling Rinpoché.

Manuel de Tantra pour le Couple, spiritualité, par le Lama Darjeeling Rinpoché.

Le matérialisme religieux, spiritualité, par le Lama Darjeeling Rinpoché.

Emails au Lama, spiritualité, par le Lama Darjeeling Rinpoché.

Printed in Great Britain
by Amazon